U0917265

初心

何权峰 著

图书在版编目（CIP）数据

初心 / 何权峰著.--青岛：青岛出版社，2018.7
ISBN 978-7-5552-7153-6

Ⅰ. ①初… Ⅱ. ①何… Ⅲ. ①散文集－中国－当代
Ⅳ. ①I267

中国版本图书馆CIP数据核字(2018)第140132号

本书中文简体字版经北京时代墨客文化传媒有限公司代理，由作者授权在中国大陆出版、发行

山东省版权局著作权合同登记号图字：15-2018-86

书　　名　初　心
著　　者　何权峰
出版发行　青岛出版社
社　　址　青岛市海尔路182号（266061）
本社网址　http://www.qdpub.com
邮购电话　010-85787680-8015　13335059110
　　　　　　0532-85814750（传真）　0532-68068026
责任编辑　郭林祥
特约编辑　闫　訾
校　　对　张静静
装帧设计　源画设计
照　　排　梁　霞
印　　刷　北京德富泰印务有限公司
出版日期　2019年9月第2版　2020年3月第4次印刷
开　　本　32开（880mm×1230mm）
印　　张　8
字　　数　80千
书　　号　ISBN 978-7-5552-7153-6
定　　价　59.80元

编校印装质量、盗版监督服务电话　4006532017　0532-68068638

建议陈列类别:畅销·励志

自序

初心的欢愉
只有自己能给

我写了许多书，常有人问我："一直很快乐吗？"

"没有。"我承认，但如果你问我比以前快乐吗？

"是的。"我真的比以前快乐多了，而且我相信每个人都可以。

现在或许你正想着：真的吗？那我还没得到想要的东西、还没达成目标，该怎么办？我的钱不够用、我的关系失和，要怎么快乐？怎么回归初心？我的烦恼和痛苦又该如何解除？

会问这些问题就表示你还没搞清楚。你认为快乐是什么？是解决烦恼和痛苦吗？但你一直把烦恼和痛苦放在心上，又怎么可能快乐？

别人也不是愉快的来源，倘若你的快乐来自别人，痛苦必然也来自他人，因为你一直把那个人放在心上，你的情绪必会随着起落。对方合你的意，你就高兴；不顺你意，你就难过，这样会快乐吗？

还有很多人认为快乐是通过考试、达成业绩、被某人赞美；或是买到喜欢的东西、得到佳人的芳心、体重再减几公斤……但这就是快乐吗？这些快乐难道不像花朵在白天绽放，很快就在夜晚凋谢吗？

也许你以为的快乐是吃大餐、大采购、去游乐场、上夜店、喝酒狂欢……这些都只是享乐，为的是逃避空虚无趣，所以享乐过后往往更空虚无趣，这又是“错把痛苦当快乐”。

从小我们就被教育要有钱、有头有脸、有车有房种种，没有人告诉你说：幸福和这些无关，幸福无关外在，而是在自己的内心。有钱可以买好车、住大房，甚至雇司机和用人，但在车里和房子里的还是同样的你。物质可以改变生活，但不会改变你。

事实上，真正内心欢愉的人，即使一无所有仍是快乐的。你见过小孩毫无理由就很快乐吗？他们没有金银珠宝、名牌服饰、升官发财，他们甚至什么都不是，却笑逐颜开。

到一些经济落后的国家时，我不停看见一些人，他们充其量只比饥饿稍微好一点，可是他们却活得很喜悦。他们的生活充满欢笑、歌舞，并庆幸他们所拥有的一切。在医院我也看到了许多身患重症、四肢不全的人微笑面对生活。反观那些物质条件充裕、四肢健全的人，却时常愁眉不展、抱怨连连，为什么？

因为我们都搞错了。快乐并不需要完美的人生来显示。人们总是不断地累积、无止境地追求，等待所有理想都实现、等待一切问题都解决、等待那颗欲求的心被填满，大家想“抓住”的东西太多，以至于遗忘了自己原本就是快乐的。

印度一位智者说过一个故事：一个女人去看许久不见的朋友。进门后，她发现朋友收集了好多彩色线轴，五彩缤纷，琳琅满目。

她抗拒不了这些收藏的诱惑，趁着朋友去了另一个房间，她偷了几个线轴藏在腋下。可是她的朋友注意到了。她没有责怪她，反而提议道：“好久没见面了，一起跳舞庆祝吧！”女人尴尬万分又不好拒绝，而为了不让腋下的线轴穿帮，她跳得很僵硬，犹如木头人。主人劝她放松双臂，她回答："我不能。我只能这样跳。"

想想看，如果她不再执着拥有、不再紧抓不放，她本来就是快乐、轻松自在的，不是吗？

如果你不快乐，不快乐就是指标，表示你在某一地方执着了。你一定是被某个人、某件事、某个观念、某个东西给束缚住了。那些烦恼和痛苦的，就是要你别放在心上。

放下吧！我们冀求的快乐，无法假求于他人及他处，因为它们就在你的心里。没错，欢愉只藏在自己的初心之中。

名人的初心

霍金

(Stephen William Hawking)

20 世纪伟大的物理学家

记住要仰望星空，不要低头看脚下。无论生活如何艰难，请保持一颗好奇心。你总会找到自己的路和属于你的成功。

巴菲特

(Warren Buffett)

2008 年度《福布斯》榜单世界首富

我一直都知道我会变得富有。我认为自己从来没对此产生过一丝怀疑。

比尔·盖茨 (Bill Gates)

微软公司创始人

切实执行你的梦想，以便发挥它的价值，不管梦想有多好，除非真正身体力行，否则，永远没有收获。

马化腾

腾讯公司创始人

工作五六年的时候，我花的钱不是买书就是买电脑。

俞敏洪

新东方教育集团创始人

人不能自卑，自卑把自己看得太低，什么事都做不成； 人不能自傲，自傲把自己看太高，最后没有人能看得起你。人最重要的是别太关注别人的眼光，不断和自己比，和自己较劲，让自己成熟和进步，取得自己的天地。在别人眼中活自己，永远是别人眼光的附庸，在自己眼中活自己，就是自己的主人。

刘强东

京东集团创始人

世界上唯一可以不劳而获的就是贫穷，唯一可以无中生有的就是梦想。世界虽然残酷，但只要你愿意走，总会有路。

宋庆龄

政治家、社会活动家

日累月积见功勋，山穷水尽惜寸阴。

杨绛

著名作家、戏剧家、翻译家

一个人经过不同程度的锻炼，就获得不同程度的修养、不同程度的效益。好比香料，捣得愈碎，磨得愈细，香得愈浓烈。

目录

Part 2

人生苦短，何必为难自己

Part 3

事不求全，但求无愧于心

Part 4
咫尺幸福，触发心间

Part 5
心之所向，莫过当下

目录

Part 6 学会放下，方得始终

不是某人使我心烦，而是我拿某人的言行来烦扰自己。因为没有人能爬进另一个人的脑袋里，改变对方的感觉，那是不可能的。

想想，若不是经过你的同意，他们能做到吗？

Part 1

心之自由，莫失莫忘

01 心的主人是自己

“那个人让我心烦。”

“是他让我难过的。要不是他对我做了这个那个，我也不会抓狂。”

当你这么说的时候，也就是把自己的心交给了别人。

别人怎么能让你心烦、难过，甚至抓狂？难道他们把电脑连接到你的头，然后把困扰下载到你的脑袋里？就算他们真能做到，难道你不能不去点阅或者关机吗？

有个女孩说：“同学说的话，让我很生气。”我告诉她：“是你接受同学说的话，所以很生气。”这两句话是不一样的。别人要说什么是他的事，至于接不接受是你自己做主。

相信别人可以带给我们苦恼才是苦恼的根源

如果你为了别人的一句话就大发脾气或飘飘欲仙，那你的心其实是跟着别人的话走。把自己的情绪建立在别人随口说的话上，等于是把自己的“自主权”平白交给他人，就像把电脑的鼠标交到别人手上，他们随意点击哪个档案和画面，你的情绪只能跟着牵动，而你还怪罪他人：“我的不快乐都是某人造成的，他要为我的痛苦负责。”

但事实上，这是你“自愿”的，不是吗？

没有人可以掌控我们的心，即使仇敌也办不到。这点大家必须牢记，**如果你认为某人应该为你的感觉负责，表示你已经给予他掌控你的权力。**

有位哲学家说得好：“别人或外在的事物不会让我们苦恼，我们相信别人可以带给我们苦恼才是苦恼的根源。”

因为没有人能爬进另一个人的脑袋，改变对方的感觉，那是不可能的。想想，若不是经过你的同意，他们能做到吗？

当你把“手指”指向别人时，你也把快乐交给了别人。因为你是无能为力的、无助的，你的快乐是掌握在别人手里的，对吗？

除非你能停止责怪他人，把责任从别人的手中拿回来，否则你永远只是受制于人的奴隶。

02 我就是忘不了

那已经是很久以前的事了，你还耿耿于怀。“没办法，我就是忘不了！”你说。

为什么没办法？念头总是来来去去，就像到家里拜访的客人，如果你不留住他们，他们不可能一直住下来。

比方说，你的朋友欺骗你，你可能会想：“他真不值得信赖。”随着这个念头会产生不愉悦的感觉，这是自然反应。但这个念头稍纵即逝，之后又会有另一个不同的念头。

如果你不让这些念头自然飘逝，反而紧抓不放，它们便会一直存在你心中。就像刚刚说的例子，如果你继续往下想：“他说话怎么可以不算话！真的很可恶，又虚伪！”于是你开始想对方犯的错误，想他让你厌恶的言行。这念头就越养越大。

现在你已经陷入困扰自己的念头中，无法自拔。虽然这样的过程非常可笑，却每天都在发生。我们常在跟别人争吵后，赌气好几天，尽管那是许多天前的事了，但我们会在脑海里不断重播对方的“嘴脸”，好像对方说了几百次、几千次似的。

所以人们常说：“我忘不了他对我说过的话”“我永

远忘不了他对我做过的事”……这说明了真正的原因是自己“念念不忘”，对吗？

念头只是“过客”，它们会自己离开

下次你生气时，闭上眼睛、坐下，不要一直去想那件事，看看你能生气多久。你会发觉在几分钟之后，那个热度已经减退，或者，在过了一小时之后，你发觉你已经完全忘记，在想其他事了。

你也可以在一天结束前试着回想当天发生的事，顶多只能想起两件印象最深刻的。同样，如果我们在月底试着回想当月发生的事，顶多也只能想起两件印象最深刻的事。在我们一生当中，能记住的事很有限，就算已经记住的事也常想不起来，不是吗？

就像我刚刚去接了一通电话，再回到电脑前：“我刚才想到哪了……哦，对，我刚才在想写完这篇稿子要去泡茶。”当你明白念头只是“过客”，它们会自己离开，你便掌握了主控权。你不去“抓住”负面念头，负面情绪就会消失不见。

想想，假如有一个讨厌的人到你家白吃白住，惹得你心烦意乱，你会怎么办？你会把他留住，甚至对他“念念不忘”吗？

一想到“忘了吧”这句话时，谁最先出现在你脑海里？

是那个你最想忘记的人和事，对吗？

你说：“我想忘了这一切，我再也不要去想

那个人和那件事了。”但当你说出“不要去想”时，你其实已经“在想”了，不是吗？

越想忘记，就越是记得清楚。

所以重点不在忘掉，而是要放掉。如果你能够放下它们，才能真正忘掉。

03 你会不会太多心

他经过你的时候脸上没有笑容，你开始猜想自己是否得罪了他；他没有回你电话，你就开始怀疑他在生你的气；听到门外脚步声，你又开始想象，会不会有坏人，还是有鬼……

猜想会生出更多猜想，怀疑会生出更多怀疑，这是心运作的方式。只要我们心里产生一个想法，就很容易相信它。因为相信，我们就认定它是事实。

想象在某个夜里，你一个人待在房间里，门外突然传来声音。你立刻察觉到这是开门的声音。你的感官全部动员起来，“是小偷、色狼，还是杀人犯”？你呼吸加速，感觉心脏快要跳出来。结果当你前去察看，发现原来只是有东西掉下来，或是某个家人晚归。这个令你恐惧的时刻，真正发生了什么？

其实什么也没发生，但你仿佛经历了九死一生。你的心智分不清楚什么是真实，什么是想象。在看恐怖片时也一样，你的心跳加速、呼吸急促，甚至直冒冷汗，想象出来的感受和亲身经历一样真实。

人们经常情绪不稳、心烦意乱，就是因为我们将每个进到大脑的想法都当真了。

我们应该了解心灵是什么。心灵只是一种感官。心灵掌管情绪，就像眼睛掌管视觉一样。当心产生意识时，我们就开始相信自己的想法。

烦恼就像门后的妖怪，只是你的想象

这故事许多人应该听过：有个女人一直怀疑她老公有外遇。最近，她觉得老公的举止有些奇怪，于是她决定搜查老公的物品，看有没有其他女人留下的“蛛丝马迹”。

第一天，她找到一根乌黑柔细的头发，她很生气地对老公说：“我就知道你外面有女人，这根头发你要怎么解释！”

“没有的事，你不要太多心了。”老公连忙澄清。

第二天，她发现一根白发，更加激动地对老公说：“连老女人你也要，真是气死我了！”

“别再胡闹了！”老公无奈地说。

第三天，她气得要离婚，老公不解地问：“今天你没有找到任何头发，为何生更大的气呢？”

老婆回答：“我实在不敢相信，居然连秃头的女人你都不放过。”

人往好处想，就越想越高兴；人往坏处想，就越想越气。因为想的人是你，你越想就越觉得像真的。

想让心平静下来的方法就是自我观察，质疑：“这是真的吗？”

他没打电话来，真是没礼貌，真不会替人着想，他会不会把我忘了——“这是真的吗？”

他脸上没有笑容，他很不高兴，他是冲着我来的，想让我难堪——“这是真的吗？”

门外传来脚步声，会不会有坏人？是不是有鬼？也可能是杀人犯——“这是真的吗？”

想想看，如果没有这些“虚拟”的想法，你的心是不是平静下来了？

人常会问：“我要如何去除烦恼？要怎么去除负面情绪？”

其实，烦恼和负面情绪都不是要拿掉的东西，而是要看清它是“不真实”的，看清那只是你的想象罢了。

对一个深信在门后躲着妖怪的孩子，你会怎么说呢？

你会要他仔细对你描述那妖怪的长相？

你会教他如何杀掉妖怪吗？那是没意义的。

你只需要让他知道，那妖怪只不过是想象出来的罢了。

一旦看清这点，他还会害怕吗？

04 事情不是你想的那样

“我真的很生气！我生气的是他们把我看成那种人。”你说，“我讨厌人家根本不了解我就乱下定论。”

原本最投缘的朋友却因一些小事而吵架；最熟悉的人却因一些猜疑而疏离；最深的交情却因一些事没说清楚而

反目，为什么？

答案是：自以为了解。

有位老太太一直觉得隔壁的邻居很不够意思。这邻居本来和她交情极好，但自从老太太的丈夫过世、办完葬礼之后，邻居就再也没来过她家了。

老太太甚至觉得邻居老躲着她，即使路上不期而遇也只远远点个头。

老太太逢人便抱怨："我的邻居真现实！我丈夫过世后，就不把我当朋友了！"

不久后，邻居的丈夫也逝世了。老太太怀恨在心，连葬礼也没去参加。不料，丧事才结束几天，邻居就登门拜访了，而且与老太太闲话家常，仿佛什么事都不曾发生。

老太太又向人抱怨："那女人真现实！现在丈夫不在

了，觉得无聊，又来找我！”

某天，邻居又去拜访老太太。老太太再也压抑不住内心的不满，问道：“为什么我丈夫过世后，你就不到我家了呢？”

“我其实很想来，”邻居踌躇了一会儿，说：“但你丈夫过世前不久，曾向我丈夫借钱。我担心过来拜访，你会认为我是想跟你要钱。现在我丈夫也过世了，我想这笔债也一笔勾销了，所以才来拜访你。”

老太太听了相当自责，原来这段时间都是自己在白白生闷气。

这种“自以为了解”，就是“误解”的起因。

当你真的了解，才发现自己并不了解

记得慈惠法师在《谛听生命之歌》中写过一则故事：多年前有一天，星云大师和弟子们下乡参加一场弘法活动。当车子行经一间餐馆时，赫然发现这家餐馆外挂了一个招牌，上面写着“吃小和尚”。

车里的徒众看了心里很不高兴，纷纷说：“这家餐馆真是莫名其妙，什么名字不好取，竟然以‘吃小和尚’为店名，真是欺负出家人。”

等到弘法活动结束后，车子再次经过同一个地方，大家想把这间店给看个清楚。仔细一看，吓了一跳，招牌竟然变成：“尚和小吃”。

原来，招牌是横着写的，所以从这头看是“吃小和尚”，从那头看就成了“尚和小吃”。事情真相大白后，车子里的人又笑着说："原来是这么一回事。"

没错，事情往往不是你想的那样。仅凭单一证据或从片面的认知去下结论，就像凭着封面去判断一本书的好坏一样，都太主观了。

我听说有位女士喜欢慢跑，但常有些狗向她乱叫。丈夫非常贴心，每当妻子跑步时，就骑着自行车尾随在后，手持一根木棍，以便打狗。

某天一个司机开车经过，看看前面跑步的妻子，又看看手持木棍的丈夫，不禁叫道："真是虐待！"

"我真的完全了解吗？"在做任何判断前，别忘了问自己。因为往往当你真的了解，才发现自己并不了解。

当我们与某人认识且相处久了，无形中就自认为了解对方。

许多误会、猜忌也于焉而生。

事实上，你在想什么只有自己最清楚，我们也无法猜测别人在想什么。

所以，与其猜测对方怎么想，何不直接去问！

05 为什么老爱生气

老公对老婆说："明天我家人要过来聚一聚，请你把房子打扫一下。"

老婆很生气地说："为什么你都不先问问我？我已经跟朋友约好，现在又不能去，你太不尊重我了。"

老公听到突如其来的指控也很不高兴："难道我连答

应家人来我们家的权力都没有吗？我看你才不尊重我！”

这类的对话相信大家都不陌生，问题出在哪里呢？就出在“观念”。

假如你对“尊重”所持的观念是：如果你真的尊重我，就会凡事先问过我，那只要有人不事先问过你，你就觉得不被尊重。同样，如果你的观念是：如果你真的尊重我，就会配合我，那当有人不配合你，你就会觉得不被尊重，甚至大发脾气。

不快乐只有一个原因——心里错误的观念

人与人之间的每一次冲突，都是观念的冲突。你不是对那个人生气，而是对那个人违背了你的观念而生气。

例如有人拉高嗓门儿，让你很生气。你可能有一个观念："如果你尊重我，就不会讲话那么大声。"所以会说："你怎么可以对我大声！"

男友忘了你的生日，让你很不高兴，你可能有一个观念："如果你重视我，就会记得我的生日。"所以会说："你太不重视我了！"

换句话说，让我们痛苦的不是别人的言行，而是自己的观念。每次生气都是为了某些观念而生气。如果你认为房子应该收拾整齐清洁，当家人没依你的标准保持屋子的整洁，你心里就会不高兴；你认为时间宝贵，做事要有效率，那么当你遇到做事拖拖拉拉的人，就会很受不了；如果你认为爱就该毫无隐瞒，那么当情人有事瞒着你，你就会发飙。对吗？

情绪能反映出你的观念是什么，所以，要找出情绪背后的观念。如果你能在这些情绪发生时，把它分解开来，知道哪部分是观念、哪部分是事实，你就比较容易释怀，被情绪折磨的频率也会大大减少。

任何时候当你觉得痛苦，请回答这个重要的问题：“这个痛苦是事实造成的，还是自己的观念造成的？是什么样的观念让我觉得那么痛苦？”

当你要对某人生气时，也要记住：使你生气的不是那个人，而是在于他违反了你的观念。所以你不妨自问：“到底哪一个比较重要？是我的观念，还是我跟那个人的感情？”

心理治疗师戴迈乐（Anthony de Mello）说得对：“不快乐只有一个原因，心里有错误的观念。那无所不在的观念让人习以为常，因此从来不会去质疑它。”

想想，如果你的观念常让你不快乐，那是不是该改变一下呢？

南传佛教大师阿姜查说：

“你们对于事情应该如何、何谓善恶对错，总有许多看法与意见。你们执着于自己的看法，并为此深受痛苦，但它们不过是看法罢了。”

从现在起，请试着不要用“是非对错”来看待事情，而是带着包容的雅量来看待。

忘掉你听闻过一切“这是对的、那是错的”的话，这并不是“是非不分”，而是超越“是非”，如此“是非”也就无从生起。

当你不再为自己筑起高墙，就能减少对立，重获自由。

06 发现，新眼光

有对夫妻在过了三十年不愉快的婚姻生活后，发现先生得了癌症。在此之前，这对夫妻经常发生摩擦和冲突，几乎每一件事都能引起争论和歧见。他们的感情——套句先生的话——“在多年前便已不见了。”

在确认先生罹癌之后，奇怪的事情发生了。他们两人的态度突然一百八十度转变，多年来压抑的怒气消失了，歧见也不见了，似已毫无意义，他们对彼此的关爱又神奇地重现。

这是怎么回事？这对夫妻所经历的奇迹，一般称为“心的改变”。当我们用一种新的视野去看事物，认知和对经验的态度也随之改变。

举个例子：如果你走进一家高级餐厅，却发现这家餐厅的服务奇差，不但上菜太慢，服务员更粗心大意，一不小心还把你的茶水打翻。这时你会怎么做？你会觉得不高兴、不舒服，甚至抱怨一番，对吗？

好，现在，让我们把剧情稍微调整一下。如果当你坐好后，有人先告诉你：“这个服务员刚发现先生有外遇，家里的孩子又生病住院。”你还会像先前那样，对她的表现生气吗？

外在的事物并未改变，然而一旦改变内在的想法，你的感受和体验就完全不同。

电影《屋顶上的提琴手》中，代表犹太传统价值观的父亲渴望女儿嫁个有钱人，可女儿偏偏钟情于一位裁缝师。他的梦想破灭了，气愤之余，他站在院落中静思，忽然想通了："裁缝师有什么不对？贫穷有何罪过？"他豁然开朗，女儿还是女儿，女婿就是老实勤奋的裁缝师，生命里多了个亲人，有了个当裁缝师的女婿。

不同的想法，反应也截然不同

在医院，我观察过许多面对家人病故的人。有些人会因家人受尽折磨而无法释怀，也有人因家人得以解脱而感到释怀。

面对子女夭折，某个家庭可能认为孩子夭折是天伦惨剧，怨天不仁；另一个家庭虽然伤心难过，却视孩子为上天恩赐，常想着孩子带给他们的欢乐和领悟。不同的想法，反应也截然不同。

有位老医师一生救人无数，却救不了自己的爱妻。自从爱妻在两年前过世后，他就陷入了深深的绝望，无法自拔。他一再悲问："老天何其残忍，为什么要夺走我的妻子？"失去爱妻的他，觉得人生不再有任何意义。

有一天，他沮丧地去请教意义治疗学家佛兰克（Victor Frank）。

佛兰克在了解他的情况后，问了他一个问题："先生，让我假设一下，如果今天不是你夫人先死，而是你先死的话，情形又会如何？"

医师想一想，说："我们感情很好，她一定比我更悲痛。她恐怕无法承受这种打击。”

“是啊，她将很难承受。”佛兰克说：“然而现在她并不用承受打击，使她免于受苦的人正是你。如果她知道的话，一定也会希望你快乐起来，为她好好活下去，不是吗？”

老医师觉得很有道理。人生自古谁无死？不是妻子先他而去就是他先妻子而去，他应该感谢老天，让他晚一步走，能替爱妻承担生离死别的痛苦。于是他会心一笑，释怀了他的悲痛，同时赋予生命新的意义。

是的，再怎么低潮，都不要忘了心的自由。

事件从来不会产生任何痛苦，是你的想法让自己痛苦。

所以，你可以改变想法。

比方说，你可以把被人欺负或被倒债想成是前辈子欠他的；把拉肚子想成是排毒、净化身体；把被人责骂想成是对方非常看重你；把可恨的人想成是可怜的人；把亲人离去想成出国旅游或定居。

改变想法，再去解决那些大大小小的问题，感觉是不是好多了呢？

07 你选择留意什么，就会发现什么

有个心理学家喜欢测试人们的观察力。

有天他在家中宴客，他把一位女士的眼睛用手帕蒙住，然后要她描述墙上的画、屋里的灯、餐桌食盘上的装饰等。

结果她一件也描述不出来。可是再问她，不久前才进

来的女宾客身上有什么装饰时，她却能立即说出那位女宾客的衣服、鞋子、皮带、项圈和耳环，连最小的细节都一丝不漏。

人的视野就像相机的镜头，当你对着某样东西时，它便是焦点，其他东西都会变得模糊，甚至看不见。

你在餐厅和朋友聊天，如果朋友是你注意的焦点，那周遭其他事物，别人的交谈、音乐、杯盘的碰撞声、来往车辆的嘈杂……都会变得模糊。如果你注意的是音乐，那朋友和其他声音就会变得模糊，甚至消失不见。

心灵作家狄巴克·乔布拉（Deepak Chopra，M.D.）说："每个人都活在多重现实里。我们可以选择要把自己的注意力放在哪里。无论放在何处，注意力一旦转移，新的现实随之出现。"你选择留意什么，就会发现什么。

要知道你有另一个选择

下过雨后，你出门散步。你留意每一个脚步，生怕泥泞弄脏鞋子。你忍不住抱怨，讨厌下雨天，但你若能抬起头来，就会发现树叶变得翠绿，雨过初晴的天空真美。

每天早晨醒来，我们都有权利去选择自己要过什么样的日子。

今天，你可能因为必须上课而倦怠，也可以因为学到更多知识而雀跃；你可能因工作而嘀咕，也可以因拥有工作而欢喜。

今天，你可能因为没有好身材而难过，也可以因为拥有健康的身体而感激；你可能悲叹父母没给你所有的一切，也可以振奋自己能创造想要的一切。

今天，你可能为了摔倒擦破皮而哭泣，也可以因为不是摔断腿而感恩；你可能为看错人而沮丧，也可以庆幸自己看清了那个人。

今天，你可能因下雨而感叹，也可以为被浇灌的草地而欣喜；你可能为玫瑰有刺而抱怨，也可以反过来赞赏刺上面有玫瑰。

你的生活品质是由你注意的焦点决定的。**假如你发现自己周遭尽是些不愉快的事，要知道你还有另一个选择，照出什么样的风景，全看你如何取景。**

我们喜欢沉浸在最棒的回忆里，为什么不这么做呢？毕竟我们的相簿里放的都是生日欢聚和美好假期的照片，而不是屋子凌乱或生病住院的照片，对吗？

对待生活就像为自己拍照一样，要从最好的角度来拍。多留意美好的事物，你就会发现世界原来这么美好。

学习去注意美好的事。

有个很好的方法，就是每天在睡前写下“今天有什么愉快的事发生”。

以下清单，供大家参考：

· 今天天气很晴朗，还有清凉的微风，感觉好舒服。

· 去买东西的时候，刚好有停车位，而且不收停车费，运气真好。

· 小孩的气喘已经好多了，放心不少。

· 同事称赞我的发型很好看，让我更有自信。

只要你持续进行三个星期，你将开始注意生命中美好的部分，你会变得更乐观，生活品质也会更好。

人们总是说想脱离痛苦，但我不认为他们真的想脱离。

因为若不是他们紧抓着不放，痛苦又怎会一直存在？

你不想让某人好过，但当你想让他“难过”的时候，你自己有“好过”吗？

Part 2

人生苦短，何必为难自己

08 心上人

当你心里一直惦念着某个人，就表示你恋爱了。

不过假如你脑海里不停想着你讨厌的人，这又代表什么呢？

难道你跟那个人在谈恋爱吗？

我们常说：“不要恨任何人！”你知道为什么说不要

恨任何人吗？因为爱和恨本质上是相同的。当你恨一个人的时候，那个人就占有和掌控着你的心。

每次你想起他有多讨厌时，他就掌控了你的念头；每当你跟朋友抱怨这个人时，他就掌控了你的交谈；每次你听到他的名字或与他相关的事情，他就掌控了你的心情；当你改变计划以避开他时，他甚至掌控了你的行动。

恨的关系比爱的关系更亲密

有个老师要学生做小组作业，十二个人一组。其中有位学生请求老师让他换组，老师问："为什么？"

这学生说："因为我很讨厌其中一个人。"

老师虽然让他换了，却问他："其他组员你也讨厌吗？”

学生说：“不会啊，都蛮喜欢的。”

老师问：“那这个人在你生命中重不重要？”

那学生答：“重要个鬼啦！讨厌死他了！”

老师说：“但十个好朋友留不住你，你却为了他一个人离开。你说，这个人重不重要？”

这就是为什么耶稣说：“要爱你的敌人。”你能够放过你的敌人，才能摆脱他们，否则他们会继续掌控你。

恨的关系比爱的关系更亲密。当你恨一个人，他就会如影随形，常伴你左右；如果你一直把对方放在心上，那个人就成了你的“心上人”，不是吗？

小王失恋后，整天茶不思饭不想，长吁短叹，大家都不知如何劝他才好。

生性达观的小李对小王说：“别再叹气了！难道失恋

的滋味那么好，值得你不吃不喝地慢慢品味？”

所以，当你不爱某个人时也别恨他，就像你很讨厌喝某种饮料，你会一再点来喝吗？

有句话说得好：“你无法阻止鸟儿飞过你的头顶，但你可以不让鸟儿在你头上筑巢。”

活在世上总有人会伤害你，但你不能伤害自己。

不管你怨恨的是谁，在你怨恨时，你等于不断在记忆中反刍旧伤痛，让自己心神不宁。

这不是让别人在你头上筑巢吗？

09 谁伤你比较多

一位同事搭地铁上班，下车时，脚被踩了一下，没想到肇事者看都不看一眼就走掉，直到中午用餐，他还愤愤不平：“一想到就生气，怎么有人那么粗鲁，没水准！”其实他被踩的疼痛没几分钟就消失了，但他好几个小时后却还生气。现在，这伤痛的感觉是谁造成的？

是他自己，对吗？

有时候，我怀疑人是不是真的想放下痛苦。人们紧抓着他们的愤怒不放、紧抓着他们的抱怨不放、紧抓着伤害他们的人不放……

比起快乐，我们更珍惜不愉快的事

有位先生拖着疲惫的身子回到家，发现老婆不在，门上了锁，进不去，非常愤怒、懊恼，但也只能坐在楼梯台阶上枯等老婆回来。

这一等就是一个半小时，老婆不知跑到哪里去了，一直不见踪影，先生越想越火大！邻居见状，就邀请这位先生到家里泡茶聊天，但这位先生硬是不肯去，他说：“不行！如果我到你家泡茶聊天，我这气就消了。我一定要坐在楼梯口等，等她回来狠狠地臭骂她一顿！”

就像斗牛犬般，人们紧抓着生活中的负面事情不放。早餐时的一句气话纠缠你一整天，一想起来就一肚子火，到了晚上火气还在。比起想得到的快乐，人们显然更珍惜那些不愉快的事。

有位女士告诉我，她一想到先生过去对她做的事，想到他对她的伤害，就觉得有气。

我问她：“现在他还这样对你吗？”

“没有。”

“那你的伤害现在在哪里呢？”我直接说：“是在你心里。是你自己一再去想，对吗？”

每当痛苦时，我们总责怪他人带给我们痛苦。其实，我们才应该为自己的痛苦负责。想想看，每当你觉得受到

伤害时，你在心里重播那情景多少次？究竟是谁伤你比较多？是对方（过去伤害过你），还是你自己（一次又一次地在心里伤害自己）？是对方的行为，还是你对他行为的批评，造成你的感受？

人们总是说想脱离痛苦，但我不认为他们真的想脱离。因为若不是他们紧抓着不放，痛苦又怎会一直存在？

为什么伤痛要花很长的时间疗愈？

皮肉伤过几天就会好，骨折几周也会恢复，但抚平被伤害的心却可能要花一生。因为我们不断地把伤口掀开，又怎么会愈合？

10 让人难过，你也没好过

放下是很困难的，尤其要放下对人的怨恨更难，因为人们相信一旦放下就等于饶恕对方，就等于赦免伤害的行为，这怎么可以？“我不会那么便宜他，我要让对方吃足苦头、饱受折磨，让他付出惨痛的代价！”

心系仇恨的人很少静下来思考：如果你心怀怨恨，真正受苦的人只有自己。因为在你怨恨任何人之前，必须先在内心制造恨的毒素。唯有充满怨恨，你才能去恨。在你伤害别人之前，你必然先伤害自己。

“以眼还眼”的结果是大家都瞎了

有个小男孩在学校受到欺负，进门后使劲跺脚。他的父亲正在整理院子，看到儿子生气的样子就把他叫过去，想和他聊聊。

儿子不情愿地走到父亲身边，气呼呼地说：“爸爸，我对坐我旁边的那个同学很生气。”

父亲一面工作，一面静静听儿子诉说。儿子说：“他让我在其他同学面前丢脸，我希望他倒大霉。”

父亲走到墙角，找到一袋木炭，对儿子说：“儿子，你把前面挂在绳子上的白衬衫当作那位同学，把这些木炭当作倒霉的事，然后用木炭去丢白衬衫，每砸中一块，就代表那位同学遇到一件倒霉的事。我们看看你把木炭丢完之后，会怎么样。”

儿子觉得这游戏很好玩，于是拿起木炭往衬衫上丢。可是衬衫挂得比较远，他把整袋木炭丢完了，却没几块碰到衬衫。

父亲问儿子：“你现在觉得怎么样？”

儿子说：“累死我了，但我很开心，因为我扔中了好几块木炭，白衬衫上有几个黑印子。”

父亲知道儿子没明白他的用意，便要他去照照镜子。儿子一照镜子，发现自己满身都是黑炭，吓了一跳，原来自己更脏。这时父亲拍拍他的肩膀说："孩子，**永远不要忘记，'报复'就像你扔出的木炭，永远伤害别人少，污染自己多。**"

著名黑人人权领袖马丁·路德·金（Martin Luther King）说："'以眼还眼'的结果是大家都瞎了。"

他说得对，你不想让某人好过，但当你让他"难过"的时候，自己有好过吗？你抓一把垃圾丢别人，先弄脏的人又是谁？是你自己，对吗？

你原谅谁跟别人无关，而是跟你自己有关。

如果你懂得爱自己，就不会为了一个不爱你的人伤害自己；如果你懂得爱自己，就不会为了恨那个人侮蔑自己的灵魂；如果你懂得爱自己，就不该继续浪费你的生命。

多一分钟去想对不起你的人，便少一分钟去做更有价值的事。

11 不甘心，不放手

有人问怀岳禅师："我要如何让自己解脱？"

禅师说："谁抓住了你？"

那人又问："那我为什么无法解脱？"

禅师反问："这是谁的错？"

这的确是个好问题。当你被痛苦纠缠，无法解脱时，你想过吗？到底是谁把你抓住了？

不痛苦的根源，就是别放在心上

在印度热带丛林里，人们常用一种方法捕捉猴子：在一个钉死的小木盒里装上猴子爱吃的甜果，盒上开一个小口，大小只够猴子把手伸进去。猴子一旦抓住甜果，手就抽不出来了。这种方法是利用猴子的一种习性：不肯放下握在手中的东西。

你也许会笑猴子傻，但你是否也是这样：投资亏损，不甘认赔出场；情缘已尽，不甘分离；想转系、想换工作，却不甘投入的时间和金钱全浪费掉……这不就像那些猴子吗？

想得到“甜头”却吃足了“苦头”。

缺乏觉知就是将痛苦看成快乐。如果你感到痛苦，表示你太执着于抓住错误的东西。

所以，如果你失恋却期待和对方复合，请你好好思考，这段感情真的是你想要的吗？或者你只是不甘心而已？

如果你想投资获利、转换人生跑道，也请你想想，如果不先放下手中的，又怎能抓住其他的呢？

沙漠里总有绿洲，汪洋中总会出现美丽岛屿，你永远不知道前方有什么在等待着你，放手向前吧！

抉择，其实就是放弃原来的，换取我们更想要的。

说得更明白一点，我们必须先放弃“不

喜欢的”，才能拥有“喜爱的”；必须先放弃“没希望”的生活，才能拥有自己“所期待”的生活。

12 回头的你，已不是当初的你

我听许许多多人说过：“早知当初……”人生一路行来，我们不停后悔：如果当初跟追我的男人结婚……如果我没离开那家公司……如果我没生小孩……如果我从前好好学琴……如果我……

说这些是没意义的。只要你选择了一条路，就永远无法确定选另一条路的结果，因为你没走过，又何以认定选另一条路会更好？

有位叱咤商场的企业家陪他父亲到一家高级餐厅用餐，现场有位琴艺不凡的小提琴手正在为大家演奏。

企业家在聆听之余，想起当年自己也曾学过琴，而且几乎为之疯狂，便对父亲说："如果我从前好好学琴的话，也许现在在上面演奏的就是我。"

"是呀，孩子。"父亲回答，"不过那样的话，你就不会在这里用餐了。"

事实上，我们根本无法回到从前，因为那时的你还没有经历现在的一切。现在的你即使回到从前，也和过去不同了。回头的路，已不是原来的路；回头的你，已不是当初的你。所以，不论曾经做过什么选择，都无须后悔。毕竟人生的变数太多，谁料得到。道路不一样，景色当然不同。

人生不可能“早知道”

几天前我读到一则文章：有个著名的心理学教授，受邀到一间大学演讲。演讲一开始，他就对台下的同学说：“根据我的估算，心理疾病大约有一百种不同的类型，一千种治疗药物，相关的研究书籍则多达一万种！但我通过临床研究发现，疾病其实没那么复杂，只要三个字就说完了。你们猜猜看是哪三个字？”

台下的同学们听了，都窃窃私语起来。

最后，心理学教授宣布答案：“这三个字就是‘早知道’！”

“在我开设的忧郁症门诊中，最常听到的话就是：‘早知道’我当初就用功一点，考上理想的大学；‘早知道’我就减少工作的时间，多关心家人；‘早知道’我那天就不要让儿子出门，那他就不会发生车祸……”

但很可惜的是，没有人可以预知未来，所以人生不可能“早知道”，然而“早知道”这三个字，却可以轻易地把人逼疯！

人们老爱说“早知当初”，但如果当初知道要“这么做”，你就不会“那么做”。你之所以知道自己错了，就是因为那个经验带给你的领悟，不是吗？

发现过去的错误代表你会自我认识与反省，表示你已经知道什么是错的。

即使在错的道路上也有值得一看的风景，只

要这样想，一切都将成为美好的经验。

引述英国诗人雪莱（Percy Bysshe Shelley）的话："如果错误能让你学到经验，那么你就无须为错误感到后悔。"

13 看吧，我不知道

“我不知道。”口里冒出这四个字，对医生来说实在是很泄气的事。我应该要知道，其实我也想知道，但我还是说出这四个字。

有个病人因车祸被送进医院。他妈妈问：“我儿子已经昏迷了三个月，他还会醒来吗？”

另一个病人两周前做了脊椎手术。他问：“我伤口旁边为什么会酸痛？”

还有一位朋友的太太腹痛到医院就诊。“肠胃科、妇科、一般外科我都看过了，为什么找不出病因？”

面对这些问题，老实说：“我也不知道。”

就像没有一个气象学家能完全准确地预测台风，因为每个台风都不一样。虽然台风的行进有规则可循，但环境中无法控制、意外的因素很多。

我动过数以千计的手术，同样也没有哪两次手术是一模一样的。每个人的内脏形态与部位并不像解剖图或外科手术手册上写的那样“按牌理出牌”，甚至有些人因为先天变异，有时会在不该出现的地方找到某些内脏和组织；也可能会在油腻的脂肪组织中意外出现不按指定路线改道的血管和神经，还有些病变因病人的变化或并发症，导致必须大幅更换整个手术的计划……这些在手术之前都很难预料得到。**生命一直在提醒我们一件事，就是我们不知道。**

而天底下没有确定的事，这是我唯一肯定的事

你知道自己为什么来到这个世界吗？为什么你会出生在这个家庭，有这样的父母、长相和命运？

“不知道。”大部分人都会这么回答。也许你不喜欢你现在的工作，或不满意你的婚姻，但你当初却选择了这份工作和感情，为什么？不知道。或许当时你不知道还有其他选择。

你是否曾在心里幻想，如果当时你是和春娇或志明，或其他人在一起，会是什么情况？但你真的确定吗？你能

很肯定地知道什么选择才是最好的吗？

不，你不可能知道。也许很幸运，人生以你喜欢的方式发展：考上喜欢的学校，找到好的工作，顺利跟情人结婚，第一个孩子平安诞生，你与客户关系良好，买的股票上涨，你计划周末到阿里山看日出……

但你能保证事情不会变卦吗？从喜欢的学校毕业就能找到工作吗？现在事业平顺，以后就会飞黄腾达吗？现在两人甜甜蜜蜜，就能白头偕老吗？今天股票上涨，明天会不会突然下跌？这些都是无法掌控的。

电影《美梦成真》描述一位极爱孩子的母亲，某日因工作繁忙而让管家送两个孩子去上学，不料途中发生重大车祸。失去孩子的她，从此活在懊悔的执念中（如果那天是她开车的话，就不会发生这种事）。

事情真如她所想的那样吗？没有人知道。

有位犹太教士住在一个俄国的小镇上，他思索最艰深的宗教和心灵问题长达二十年之久，终于得到一项结论：我不知道！

某天早上，他穿过镇中广场到会堂去祷告，正巧遇到小镇警长。警长那天心情不好，便找他出气，对他喊道："喂，教士，你要到哪里去？"

教士回答说："我不知道。"

警长一听，火气更旺了，暴喝道："什么叫你不知道？每天上午十一点，你都会去会堂祷告。现在正好十一点，你又朝会堂的方向走，竟然说不知道自己要去哪？你想愚弄我吗？我要给你一个教训。"

于是警长揪着教士的衣领，把他抓进镇上的看守所。当他正要把教士扔进牢房里时，教士回头对他说："看吧，我不知道。"

《美丽心灵》编剧阿奇瓦·高斯曼（Akiva Goldsman）说："天底下没有确定的事，这是我唯一肯定的事。"

生命是不确定的。

有的事我们称作不幸，有的事我们称作幸运，但到底是幸或不幸，其实我们都不知道。

你也许认为某件事是好事，然而你并不知道接下来会如何发展；某件事让你觉得挫折沮丧，但你也不知道最终会如何变化。

就像歌德提醒我们的：

"有时我们的命运宛如越冬的果树，谁想到干枯的枝丫能转绿，并绽放花朵？"

谁知道。

14 所以别担忧

在生活中，麻烦事总是有的，但烦恼却是不必要的，因为一点帮助都没有。伴着你的焦虑、紧张和不安，你能获得什么吗？

犹太人有句谚语：“只有一种忧虑是正确的：为忧虑太多而忧虑。”说得一点也没错。因为你所忧虑的事情可能会发生，也可能不会发生。不论你忧虑与否，都只有这两种结果。

这是很简单的事实，你的忧虑并不会造成任何的影响或改变。一旦情况如同你所忧虑的一样发生了，那么忧虑只会减低你应变的能力。

烦恼就像钱还没借到就先付利息

有个小和尚，每天早上负责清扫寺庙院子里的落叶。

在冷飕飕的清晨起床扫落叶实在是一件苦差事，尤其在秋冬之际，每刮起一阵风，就会扫落新的树叶。

每天早上都要花许多时间才能清扫完落叶，这让小和尚头痛不已。他一直想找个好办法让自己轻松些，后来有个和尚跟他说：“你在打扫之前先用力摇树，把落叶统统摇下来，隔天就不用辛苦扫落叶了。”

小和尚觉得这真是个好办法，于是隔天他起了个大早，使劲猛摇树，以为这样就可以把今天跟明天的落叶一次扫干净。小和尚一整天都非常开心。

第二天，小和尚到院子一看，不禁傻眼。院子里如往日一样落叶满地。

老和尚走了过来，意味深长地对小和尚说：“傻孩子，无论你今天怎么用力摇树，明天的落叶还是会飘下来啊！”

小和尚终于明白，世上有很多事是无法提前的，唯有认真活在当下，才是最真实的人生态度。

想想看，你是不是也跟小和尚一样**预支烦恼，就像钱还没借到就先付利息，多傻啊！**

记得人声艺术家巴比·麦克菲林（Bobby McFerrin）唱过一首歌，歌词是："人生不如意事十之八九，如果因此而烦忧，只会使事情变得更糟，所以别担忧，开心一点（Don't worry, be happy!）。"

没错，生活总有下雨的时候，即使如此，你也不必在艳阳高照时打起雨伞。

你常烦恼什么？疾病吗？去看医生，让他来烦这个心！

担心上班迟到吗？那就早点出发，担心并不会让你早到！

担心比赛失常吗？如果继续担心，你就已经失常了！

担心未来吗？未来从未来过，因为来临的总

是今天，你只要把今天过好就好。

怕世界末日降临吗?

别怕！因为世界末日只会来一次，而现在世界末日还没来，更重要的是，你我都不会活着记得它的到来。

如果连世界末日都不怕，那你还担心什么?

一个已经领悟的人，知道人生绝不可能尽如人意，因为这就是人生。

要拥有美好的生活，并不需要修正什么，而是要放下那个念头，那现在就是美好的。

Part 3

事不求全，但求无愧于心

15 看到鸡粪，就忘了鸡蛋

不快乐的人有一个共同的特点：他们总是把生活中每件美中不足的事情放在心上。

那家餐厅的座位太挤，隔壁邻居的声音太吵，衣服不知如何搭配，身材最近有点走样，孩子的功课退步，事情这样不对、那样不好……有时候一天做了十件顺利的事，却有一件事搞砸了，就足以破坏整天的心情；一个小疏失，就否定所有的努力。这就是人们很难快乐的原因。

孩子考试得了九十分，父母不但不赞美，反而问："你哪里错了？"如果孩子带回的成绩单通通都是甲，只有一个乙，他们一定先注意那个乙："你成绩不错，但为什么数学只得了乙呢？"

有次我问一位出去旅游的学生："这趟旅行中让你印象最深刻的是什么？"

他只回了一句："晕车。"

还有一位先生想重新粉刷客厅，但一直没空。有天，他太太亲手做了，想给他个惊喜。先生回家后走进客厅，起初什么话都没说，仔细检查了一遍后，对太太唯一的评语竟是："你漏漆了这个地方。"

拼命去想不满的事，并不会让你美满

有太多人都犯了这种“找问题”“挑毛病”的错误，许多感情破裂的起因都是一些小事，后来怎么会越来越糟，就是因为如此。

请你想象自己在一间景观餐厅，有香草花园、水景、露天座位、如梦幻般的摆设，但你却在这美丽景观中发现有一堆垃圾。讶异之余，你拿出相机，对准垃圾拍下“特写”照片。照片冲洗出来后，你不仅常拿起来看，还把这张特写照片在亲友间传阅。不久之后，你不但忘了整个餐厅的美，甚至连带影响周遭人的观感，以为这张照片就是景观餐厅的全貌。

想想你的朋友或伴侣，起初他们只是陌生人，为什么现在变成你的朋友或伴侣？一定是有某些你认同和喜欢的地方。但以前的认同现在却变成否定，以前的喜爱却被厌烦、憎恨所取代，为什么？是不是你把对方的缺失用“特写”拍下，甚至还到处传阅呢？

再想想你的人生，你最常想到的是那些满足、喜乐的事，还是那些麻烦和不愉快？

人生就像一间景观餐厅，你对这间餐厅的感受，不应该为了一些垃圾而荡然无存。千万不要只看到鸡粪，就把鸡蛋给忘掉了。

拼命去想不满的事，并不会让你美满；拼命指责别人的错，更不会让你成为对的人。

想想，当你忙着找缺失时，怎么可能有多余时间欣赏呢？

这世界免不了有麻烦存在，就像有坏天气一样。

你最好喜欢坏天气，这样就不会因为坏天气而坏了心情。

16 你的心最脏

接近凌晨两点钟了，宜芬还在写她的报告，今天中午得交给教授批阅。这已是第五次修稿了。其实稿子改得够好了，但她还是觉得不满意，所以又把原稿撕了，从头再来。

当然，追求完美并没有错，但若因此无法容忍一点小瑕疵，那就过头了。

有位女孩拒穿纯白的衣服。“因为我担心沾上污点。”她说，“白色最容易弄脏了，穿着不再洁白无瑕的白衣服，我会觉得身上也沾上了污点。”

曾有位整形科医师告诉我，他发现那些来做整形手术的人，多半不是长得很丑，反而有些长得很漂亮，身材也好，只是觉得自己哪里不够完美。

别被完美污染了

说一则故事：在某寺庙里有个小和尚，他做事一丝不苟，事事都要求完美。

有一天，小和尚告诉住持，他认为佛堂不够干净，自愿负责清扫，而住持也答应了。

小和尚非常认真，天还没亮就开始打扫，用鸡毛掸子拂去灰尘、用抹布用力擦拭桌椅和每一块地板，整理了一会儿，就去洗手擦脸，再继续打扫。

前来参拜的信徒出出入入，小和尚就跟上跟下。信徒鞋子踩脏地板，小和尚立刻擦拭干净；有信徒从椅子上起来，又立刻擦拭……

直到深夜，小和尚才告诉师父：“我把佛堂扫干净了，请您过来看看吧！”

住持环视佛堂各处时，小和尚得意地在一旁说：“怎么样，师父？我扫得很干净吧！这可花了我好大工夫呢！”

“是吗？”住持不以为然地说：“但我看到有个地方很脏！”小和尚听了非常震惊：“什么地方脏？这怎么

可能？”

住持伸出手指，指着小和尚的心窝说：“你的心最脏！”

住持接着说：“你嫌佛堂脏、嫌信徒脏，为此浪费了一天时间，心中堆满了尘埃却不自知，这还不够脏吗？”

事实上，**他在意的细节真的没那么严重，别人可能觉得没什么大不了，他却受不了，这就是完美主义。**

电影《收播新闻》中荷莉·杭特（Holly Hunter）饰演一位控制欲很强的新闻制作人。有一次上司当面表达对她的不满，讽刺说：“做一个永远不会出错的人，一定感觉很了不起。”

她说：“错了，很痛苦。”

这世界本来就不会十全十美，我们永远不会到达一个尽善尽美的地方。记住，当下已经是完美的。要拥有美好的生活，并不需要修正什么，而是要放下那个念头，那你现在就是美好的。

再美丽的花园中也会有杂草，这就是自然，自然就是美。

当你学会接受不完美，那么瑕疵也会变成另一种美。

一个真正完美的人不应该总是找问题、挑毛病，如果你真的很完美，就应该看事情美好的一面，而不是坏的一面。

17

擦掉心中那条线

人最麻烦的问题，就是将事物一分为二。当你划分出“应该”，也就产生了“不应该”；当你定出“善良”，也就产生了“邪恶”；当你说这是“好的”，也就产生了“不好的”。一旦我们心中画出那条线，对立就产生了。

“二元对立”就是在心理上排斥我们认为是“恶”的人、事、物。好比我们认为某个人是“恶”的，就会讨厌、排斥。不过，“恶”并不是因为它们的本身就是“恶”，而是我们以“标签思维”贴上去的。

对别人的谴责正是内心狭隘的表现

当我们把人贴上“负面标签”，就变成了批判。一个人没办法视而不见，但却有办法不批判。因为你所批判的，即是你无法包容的。换句话说，是你心胸不够开阔，对别人的谴责正是内心狭隘的表现。

我认识一位很有“修养”的先生，但他的修养却带给妻子很大的困扰，因为他什么都要管：该读什么书、看什么节目、吃什么食物、几点起床，甚至连讲电话也在一旁叮嘱，但这是“修养”吗？

真正有修养的人是慈善的，能包容所有。有些人也许读了上百次“慈悲”的训示，但对人还是很严苛，那又有什么用？

佛教有句古老的谚语，意思是：“别让那些想开悟的人做一大堆功课，只要给他们一个就好。”哪一个呢？“慈悲心。”

慈悲即是接受别人的弱点、短处，不期待他们的行为完美无缺，否则自然会落入你的批判中，如此你已经残害到他们，伤害他们的自尊，这又怎能算慈悲？

慈悲的基本原则是尊重每个人，让每个人了解发生在别人身上的事也可能发生在自己身上；没有人希望自己犯错，也没有人是不会犯错的。除非你去包容，否则永远无法学会慈悲。

这世上的每个人都与我们一样想要快乐。“慈”是带给人快乐，“悲”是解除人的痛苦，这并不是哲理，而是要去了解自己的内心，你必须“擦掉心中那条线”。唯有如此，你才能做到真正的慈悲。

老子说：当人知道美才是美时，好美的心念就产生了，那么就会有厌恶丑的心念。当人知道善才是善时，好善的心念就产生了，那么就会有厌恶的心念。当一个人有这种心念时，那么美就不美了，善也不是善了。

这就是为什么那些试图让自己完美的人，他

们会注意到瑕疵；那些努力使自己有道德的人，会注意罪恶。

原因就在这里。一旦人有分别心，问题就产生了。

18 是谁有问题

有人就有问题。

只要“有人”在的地方，就有各种问题。当没有人时，是谁有问题呢？

如果天空忽然下起一场雨把你淋湿，你不会生气，但如果你发现这水是楼上的人泼下来的，你就会不高兴，甚至破口大骂，为什么？这一切都是因为“有人”。如果没有“人为”因素，你一定不会那么生气，对吗？

如果你不在树林里，一棵树倒了就是倒了，你不会在意，因为它并没有压在任何人身上。但如果你正好路过，被树压到，你就会怨叹：“为什么是我？”“为什么我会那么倒霉？”

但那棵树是冲着你来的吗？

当然不是，树会倒下就是会倒下，就像台风会吹倒树木、拉倒电线、摧毁房屋；豪雨[1]会给人们带来水患、土石流，甚至破坏家园、伤害人们一样，这本来就是大自然的现象。然而站在你的立场，你却希望台风就算把别人毁

1 中国台湾地区气象局专业术语。当有连续降雨，而且一日雨量累积到 130 毫米时，会发布 " 豪雨特报 "。

了，也不要损毁你，这才是问题所在。

所有问题就是这么来的。**当你不接受或抗拒某件事时，这件事就会变成问题。**邻居停车挡在你家门口，你要是不在意就算了，但如果你气冲冲地责骂对方，你们之间就会出问题。

也许你才是那个“有问题的人”

有个故事，说的是一对师徒走在路上，徒弟发现前方有块大石头，他皱起眉头停在石头前面，师父问他：“为什么不走了？”徒弟说：“这块石头挡住我的路，我走不过去。”

师父说：“路这么宽，你怎么不绕过去呢？”

徒弟回答："不，我不想绕，我就想从这石头中间穿过去！"

师父说："有可能做到吗？"

"我知道很难，但我就是要穿过去，我就是要打倒这块大石头，我要战胜它！"徒弟苦着脸说，"如果连一块石头都不能战胜，那我算什么！"

师父说："这两者压根就不是一回事，你太执着了。"

如果有一块石头挡住你的去路，你只要绕过去就好，如果你跟石头对抗，石头就会挡住你的去路；你想做某件事，有人阻碍了你或找你麻烦，你不理会就好，但你却说："就这样算了，那我算什么。"那就没完没了。

路上有只狗对你狂吠，你说它对你吠，但它是在吠你吗？不，它才不管你是警察或小偷、好人或坏人，它逢人便吠，而你只是正巧经过而已。就像有些人喜欢口出恶言，你只当是“狗吠火车”就好，如果你跟他斗，“他的”问题就会变成“你的”问题，不是吗？

外面车声很大，而你在上课，你说：“为什么车声那么吵？教室的隔音太差了，这么吵要怎么上课？”但有些同学不受到影响，也就没有大碍。

这世界上并没有什么问题，只有形形色色的人、鸡鸣狗吠的事，还有各种无常的变化，如天灾人祸……这都是自然的。你会觉得不对，是因为你带着错误的想法。**如果你以一种对立的态度看事情，当然会觉得所有的问题都冲着你来，周遭的人、事、物似乎都在找你麻烦。但如果你不以为意，一概欣然接受，那么所有问题就消失不见。**

一个已经领悟的人知道人生绝不可能尽如人意，因为这就是人生。如果我们总期待生活完美无缺、希望所有麻烦消失不见，那才是问题的根源。

你有很多问题吗？也许你才是那个“有问题的人”。

某件事是不是问题，完全取决于你怎么看。

如果你花时间要使事物符合预期，那么只要不合你心意，就会变成问题；但若坦然接受任何当下发生的事，并且愿意融入其中，就没有任何问题。

有人说，聪明的人懂得如何摆脱问题，而有智慧的人懂得不去卷入问题。

你要做一个有智慧的人，何不从基本的地方下手？

19 这就是人生

人之所以问题层出不穷，是因为我们误解了人生，是错误的人生观愚弄了我们。我们以为人生应该凡事顺遂，没有挫折、困难、意外，才叫“正常”，其他都算倒霉或不正常。

我们已预设人生之路，而且预期一路风平浪静。我们相信每个人都该有父母疼爱，在呵护中平安成长。长大后，我们会遇到喜欢的人，然后成家立业、养儿育女。到了年老和家人一起看旧照片，最后在睡眠中安详辞世。

我们相信人生理应如此。但万一我们父母离异，亲密关系最后曲终人散，或是年纪轻轻就罹患癌症、亲人死于意外呢？

“怎么可能？不久前还好好的，怎么突然就走了？”

“他还那么年轻，怎么会得这种病？”

“我对他那么好，他怎么可以这样对我？”

如果你对人生该是什么样子有特定的想法，那你就会痛苦。

严格来说，所有你认为“人生应该怎样的”都注定要失败，因为它们全受到“生命无常”的定律所制约。气候无常、名利无常、权位无常、悲欢无常、生死无常，一切都不停在改变。

不论我们拥有的是金钱或名位，它们总会来来去去；不论我们多么期盼与心爱的人天长地久，但任何关系的本质都是相聚与别离，这就是游戏规则。这人间的游戏，我们只能参加，无法改变规则。我们唯一能做的，就是好好玩完这场游戏，不要有任何遗憾。

英国著名的诗人威廉·布莱克说："人生有喜有悲，一旦我们能体认这一点，就能无灾无难过一生。"

越是接受生命的不圆满，悲苦便越转向圆满

没有永远的春天，也没有永远的冬天，不要企图停留在某个处境里。冬天既已来到，夏天自然无容身之

处。与事实相争，毫无益处。如果你没看破这一点，你将继续受苦；如果你看破这一点，你就走向觉悟。

佛法常被称为受苦的哲学，这看似消极悲观的哲学却能帮人“离苦得乐”。其中的奥秘在哪里？奥秘就在从一开始就承认世界是不圆满的，既然如此，那不论有什么缺憾，都不会感到痛苦，因为它本来就不圆满。

越是接受生命的不圆满，悲苦便越转向圆满，因为所有痛苦的起因已经消失，悲苦也就无从生起。

你尝试过很多次去抗拒事实、抗拒灾难、抗拒痛苦，抗拒这个、抗拒那个，但除了痛苦之外，有任何改变吗？现在试试看不要做任何事，不管事情怎么样，就接受它本来的样子。顺着生命之河，河流怎么流，就随着它流动，人生就会开始改变。

不再预期，你便能从阻力最小之路度过你的人生。你不会认为那条河非得要沿着某条河道流不可，反倒会允许河流曲折前进，或流入另一条支流，创造崭新的小溪。

当你不再对抗，事情迟早会自己安顿下来，你不需要去安顿它们，你只要安顿你自己。一旦你和谐平静，整个世界都会和谐平静，这就是生命之道。

人会受苦，全因为我们希望某些事发生，而某些事不要发生。

受苦意味着不接受事实，你拒绝接受自己的经历和处境，这样又怎么能和谐平静？有时你的经历确实很痛苦，但这就是你的人生经历啊！如果你不想要它，你就不可能成熟和丰富。

所谓人间修行，就是要学习以最优雅的方式，来接纳生命的悲欢离合、酸甜苦辣。

20 我们无法掌控我们无法掌控的事

每次上课我总喜欢问学生：“有多少人会耗费时间去改变身边的人？也许是你的家人、你的敌人，或是你的室友或男女朋友？”几乎每个人都不约而同地把手举起来。

但当我问道：“有多少人被改变了？”很快的，举起的手又不约而同地放下。

没错，我们可以给人建议，但我们无法改变别人，也无法决定别人的想法。

我常听学生说被别人伤害或惹火的事，也就是各种“无法掌控”的版本：“某人做了什么事，使我气恼”“他说话不算话，我才会那么气”“我觉得很受伤，没想到他会这么说我”……

但别人要怎么说、怎么做是你能掌控的吗？

不，我们无法掌控我们无法掌控的事。

换句话说，你会痛苦，是因为你将快乐建立在自己无法控制的事物上。

世界上的事可分成两种，一种是我们能掌控的，一种是不能掌控的。

什么是我们不能掌控的？

一个是由大自然和大环境所主宰的事，如天气变化、股票起落、生老病死等，这显然都不是我们能掌控的。

另一个是别人的责任。大多数人都努力让别人快乐，喜欢人际和谐，但有人就是脾气不好、吹毛求疵，我们无法让这样的人永远保持愉悦，这也不是我们能掌控的。

哪些又是我们能掌控的呢？

就是自己，这是唯一我们能控制和必须负责的。

“我还能做些什么？”

我写了不少书，当然希望书本能畅销，但我不会执着。原因在于，写作是我能控制的，但出版和销售不是我能掌控的；我只能为我的作品负责。

再如，我们都希望得到别人的爱、肯定与了解，问题是，别人是否爱你、重视和了解你，也不是我们可以掌控的。

别人对你的态度不是你能掌控的，但你可以自己做主，决定怎么看待这件事情。你可以负责你的态度，或生气、火冒三丈，或冷静、淡然处之，选择权在你手上。

所以不要说："某人做了什么事，使我气恼。""他说话不算话，我才会那么气。"应该说："我选择了生气。"因为态度是自己可以掌控的。

你无法掌控别人的行为，但你能掌控自己的想法。

你无法掌控每天的气候，但你能掌控周围的气氛。

你无法掌控自己的长相，但你能掌控自己的表情。

你无法掌控生命的长度，但你能掌控生命的宽度。

有位母亲在得知孩子罹癌后，想了很久："我还能做些什么？"最后她决定把孩子的生命历程记录下来。

她说："孩子与死亡交会这一遭，让我深深体会生命的长度不是任何人可以控制的。在这无法掌控的生命历程里，要尽力做自己能做的事，也就是积极珍惜生命。

"写下陪伴孩子治疗的点滴就是其中之一。每个孩子的情况、每个家庭的陪伴方式都不一样，这是值得写下来的，这是只有我能做的事。"

是的，只要尽自己所能，结果就交给上天吧！

当我们遇到任何事情时，认真思考"我还能做些什么？""有什么方法可以让事情变得更好？”

当一切该做的都做了，就好了。

引述美国前总统罗斯福的话：“依你的情况，倾你所有，尽你所能。”

那就没什么好遗憾了。

21 其实都是心境的转换

某天，有位学僧问洞山禅师说："请问老师，遇到寒暑来时，应该如何躲避呢？"

洞山禅师回答说："为什么不到没有寒暑的地方去？"

学僧接着又问："那么，何处没有寒暑呢？"

洞山禅师回答：“寒时到寒处去，热时到热处去！”

学僧对洞山禅师这种前后矛盾的回答，感到相当疑惑与不解，于是反问禅师说：“您刚刚不是说要到一个既不寒冷又不炎热的地方吗？这会儿为什么又说‘寒时到寒处去，热时到热处去’呢？”

只见洞山禅师缓缓回答：“寒冷时用寒冷来锻炼自己，炎热时用炎热来锻炼自己！”

禅师的话看似前后矛盾，其实不然，这正说明了禅者的不动心。简单地说，寒冬时就不要妄想自己置身在盛夏的海滩上晒太阳，而是要训练自己去承受寒冷；酷暑时不要浪费时间做凉风习习的白日梦，而要全然地接受炎热，便可超越暑意。

冷、热的感觉都是“无药可医”的，它们会一再出现，但人心却可以转换。想想，有人愿意大老远跑去泡温泉，或到天寒地冻的地方赏雪，为什么？

其实都是心境的转换。

许多人跑去登山，可能要吃很多苦，甚至筋疲力尽。但他们并不认为这是痛苦，反而认为是种乐趣和成就，有时还很享受。同样去登山，如果你认为那是件苦差事，整个过程就会变成痛苦的负担。

是苦，是乐？都在一念间。

有一年冬天，我到瑞典开会，在饭店认识一对从中国台湾地区来自助旅游的老夫妻。

我心想，他们每天吃牛肉丸、意大利面，喝咖啡，逛美术馆和博物馆，而且斯德哥尔摩以多岛、多桥著称，常常一个桥接一个岛，要走遍并不容易，加上当时气温约零下十摄氏度，老人家应该很不适应。

闲聊之后，果然老夫妻对参观景点没什么概念，对当地的食物和气候也在调适当中，可是出乎意料的是，他们玩得很高兴。

早餐的三明治和咖啡、午餐的意大利面、晚餐的麋鹿肉吃不惯没关系，他们当成新鲜的尝试；美术馆和博物馆看不懂没关系，他们当成出来运动；在北欧每天只有三小时左右的黑夜，正好适合老人家的短时间睡眠；天气严寒，让他们更有理由送大衣给对方。

如果事情不是你喜欢的那个样子，就去喜欢事情的那个样子，这就是快乐之道。痛苦的人从不接受这世界的样子，他们企图改造世界，抱怨世界不合己意。而快乐的人则完全不同，外在世界是什么样子对他们没有影响，他们的重心是内在。同一个环境，有人享受，有人抱怨，这两者都取决于内在的心境。

几个月不下雨，大家都在埋怨植物没水可以浇，结果过了一阵子情况居然相反，大雨滂沱，到处都是积水和泥泞，你能找到完美世界吗？

天气冷时，卖火锅的笑，卖冰的抱怨；天气热时，换成卖冰的笑，卖火锅的抱怨，你能让所有人都满意吗？

快乐不会来自外在的人事物，因为它们不会永远如我们所愿，就像免不了有下雨天一样，你最好喜欢下雨天，喜欢下雨天的人一定会比不喜欢的人快乐许多。

太冷、太热虽不好受，却也最享受。

因为有冷、热的感觉，我们才能享受吃冰激凌、吃火锅的乐趣，不是吗？

泡温泉可以促进血液循环，泡冷泉则可以提神。

冷与热，就像快乐和痛苦。

当你懂得苦中作乐，也就没有不快乐。

如同《美丽人生》这部电影，同样在纳粹集中营的生活，却能成为孩子眼中闯关夺宝的战斗营！

若是你中奖得到一百元，心中想的却是：“为什么我中的不是一百万元。”你会高兴吗？

随着年纪增长，你是否发现自己的快乐越来越少，人生越来越无趣？

这并不是因为你缺少什么，而是你拥有的越来越多，反而麻痹了。

Part 4

咫尺幸福，触发心间

22 想象的快乐，不快乐

很多时候，人之所以感到挫折连连，并非有什么了不起的坏事发生，而是因为事情不尽如我们预期。

中秋没看到月亮让人觉得扫兴？

想想，我们真的在乎“月亮”，还是在乎“期待落空”？因为每月十五都是月圆，大部分人并没有特别感觉。

情人节没收到礼物让人觉得失望？

原本情人节只是个平常的日子，和其他日子没什么两样，但当它被电视媒体塑造成一个“特殊节日”，大家就开始有所期待；对情人若有期待，当这一天未收到花束、巧克力或安排好约会时，就会觉得伤心难过。这也是因为“期待落空”，对吗？

再想想观看日出的游客，遇到阴天，你认为谁最失望？一定是最期望看到日出的人，因为他内心认为唯有太阳“出现了”才会快乐。就是这种想法，让人反而失去了快乐。

会痛苦是因为我们将自己的幻想强加在真相之上

记得多年前的某天，新闻报道说NASA[1]专家预测晚上将有难得一见的狮子座流星雨，在无光害的地区甚至每小时可见五百至一千颗壮观的流星雨。于是我满怀期待，与几个朋友约好一起开车上山。结果沿途塞车不说，还因为观测地点的天气不佳，等到快天亮了，竟然什么都没看到，每个人都败兴而归。

事后回想，大伙难得相聚在山里，一起吹着凉风、谈天说地，已是一件美事，何必因为少了流星雨就觉得白来一趟呢?

原来我们想象的快乐，才是造成不快乐的原因；**期待**

---

1 美国国家航空航天局

就是让我们无法满意当下的阻碍。

自从这次经验后，我的想法有很大改变。我决定不管发生什么事，都要好好享受当下一刻；即使结果“不如预期”，我依然要快乐。

如果你曾经去露营，就知道自己能期待的事不多。在那里水源、照明都不方便，睡觉的床、桌椅也没家里舒适，更别提没有电视、冰箱、沙发，但却很少听到有人抱怨，为什么?

是因为期待不高。因为我们放下平时要求事情的方式，反而让我们体验不同的乐趣。

套句谚语：“没有令人失望的状况，只有陷入失望的众生。”

试想，当你满怀渴望想看到流星却没看见时，会怎么样？你能轻松放下失望的心情吗?

放下，快乐就在当下。比看到流星更美好的是放下的心情。

会痛苦是因为我们将自己的幻想强加在真相之上。

想想，如果你不预期一个特定的结果，又怎么会失望？

如果你不预设一个特定的目标，又怎么会遭遇挫折？

如果你不去抗拒任何既成的事实，又怎么会痛苦？

放下期待，全心去享受拥有的，而不是哀悼那没有的。

只有当你不再拿现在所拥有的与你期待拥有的作比较，才能真正享受手边拥有的一切。

23 一厢情愿

你是不是那种预期别人会符合自己期望的人呢？如果是的话，我想你一定经常失望，因为别人会努力符合他们自己的，而不是你的期望。实际上，别人可能甚至不知道你对他们有期望。

举例来说，如果你很讲究效率，但你的朋友做事老是慢半拍，那么如果你期望朋友跟你一样，你就会常感到挫折，甚至不耐烦，对吗？

下大雨那天，如果你希望男友能送你回家，结果他只顾忙自己的事，你就会感到失望。

当然，对人拥有期望并没有什么不对。但我们必须弄清楚，期望终归是期望，那是“你的”，而不是“他的”。没有人有义务配合或满足你的期望。

我认识一对夫妇，有一天，丈夫来找我诉苦，说他对妻子不满。他说他听完某个心灵成长的课，觉得非常受用，兴冲冲地回家，打算和妻子分享。一进门，看到妻子正在打电脑，冷冷地瞄了他一眼，就继续做自己的事。他觉得自己像空气一样，一点都不受到重视。

我告诉他，你为什么这么一厢情愿？你期待她能迎合你，但她有自己的想法、自己的心情，你何必为此生气？

况且当时她正在打电脑，你只想到要表达自己的想法，也对她视而不见，不是吗?

当我们以平常所谓的爱去爱别人时，我们为何会生气？因为我们没有从那人身上得到预期的东西，对吗?

凭什么别人必须满足你的期望

我自己也有类似的经验。前阵子，台北展出“会动的清明上河图”，我想孩子看了一定会很惊喜，于是兴致勃勃地问他们想不想跟我一起去，没想到孩子的回答让我的心凉了半截。他们没说：“太棒了！我们迫不及待想去呢！”而是意兴阑珊地说：“喔，随便！”我听了不高兴地问：“什么叫随便啊？”这时他们才吐露实情：“随便，就是随你的意，我们是没什么兴趣啦！”这么一说，我就懂了。

那期待是我的，不是他们的，是我自己把期待放在他们身上。

你知道你的朋友、情人、伙伴、兄弟姐妹、父母、子女、另一半心里头在想些什么吗？你知道他们要的是什么吗？你真能肯定吗？

爱的表达方式有千百万种，然而我们却习惯用“自己喜欢的方式”去爱人，而不是用“对方喜欢的方式”，怪不得多数人付出很多，却没有人“感受到”。

想想看：

别人有义务要听从你吗？

别人有义务要注意你吗？

别人有义务要赞同你吗？

别人有义务要喜欢你吗？

别人有义务要迎合你吗？

当人们让你失望，这不是他们的错，他们就是那个样子。错在于你抱有的期望。每个人都是按照自己的本质过生活，想要改变别人或对别人要求太多，都是自大且自私的。我们都希望做自己，希望别人接受我们，你不也是这样吗？所以，凭什么别人必须满足你的期望呢？

任何时候当你觉得失望受挫，别忘了问自己：这个痛苦是怎么来的？是不是因为我的期待造成的？

这些期待是“我的”，还是“他的”？

这些期待合理吗？能放下吗？

你越能觉察自己的期待，就越能看到问题所在。

一旦放下期待，放下对结果的执着，我们的心很快就会平静下来。

24 少一点爱，问题就会少很多

每当有人问我，要怎么改善男女感情和婚姻的问题，我总开玩笑说，只要少一点爱，问题就会少很多。

因为，当我们爱某个人，我们就会想去改变他。人们总是说那是因为爱：“我这么做，还不是为他好。”“要不是因为爱，我才懒得理他。”

但改变别人是爱吗？如果有人一直想改变你，你会觉得“被爱”吗？

玛丽，她个性比较迷糊，做事慢条斯理，“这就是她”；约翰，个性比较强势，做事很急躁，“他就是这样”。如果你一直想改变，你怎么能够说“爱他”呢？

有位读者来信告诉我：“刚结婚时，我真的过得很痛苦。我没有工作，都是靠老公养，每天拿钱都得看他脸色，他脾气不好，动不动就发怒，每天都过得战战兢兢……

“后来我终于想通了，这就是他的个性啊！如果那个时候，我能接受那样的他，心里就会好很多。他在外头赚钱辛苦，所以才舍不得给；工作常要看人脸色，有气没地方出，所以回到家里才会脾气变大。”

不去改变，才能够带来改变

我们从不去看别人真正的样子，不去听别人的心声；我们反而把他们拉进我们的内心戏里。**他已经让你看见他的真面目了，请相信那就是他。现在问题在你，你是否接受那样的他，或者你保留你的爱，直到他变成你想要的样子？**

美国作家弗格森（Marilyn Ferguson）说过一段话：

“谁也无法说服别人改变。我们每个人都守着一扇只能从内开启的改变之门，不论动之以情或晓之以理，都不能替别人开门。”

有些人想将每个人和每件事都变成自己想要的那样，

好得到快乐，但最后有办到吗？你曾听过有任何人成功地把每个人都变成他想要的样子吗？

没有，从来没有！这些年来，我们一直都在试着改变别人，但是他们做了什么？什么也没做！

爱绝不是等待对方变得更好才付出的，如果他们永远不改变呢？难道你永远不再爱你的父母、男女朋友或伴侣、子女？

我听说有位参加卡耐基训练班的学员，把宽容的原理运用到自己的家庭，使得家庭关系十分融洽。

一天，老婆请他讲出自己的六项缺点，好成为更好的老婆。这位学员想了想说：“让我想一想，明天早上再告诉你。”

第二天一大早，学员来到花店，请花店送六朵玫瑰给老婆，并附上一张纸条：“我实在想不出你需要改变的六个缺点，我就爱你现在这个样子。”

当天晚上，这位学员回到家，老婆站在门口迎接他，感动得几乎流泪。从此，他认识到宽容和赞美的力量。

只有一种爱人的方式，那就是爱他们本来的样子。当你爱本来的他们时，他们就改变了。

没错！不去改变，才能够带来改变，就像你学会再多的交际技巧，也未必能改善与人的互动。反之，你能真诚、宽容地对待对方，就能改变双方关系。

支持别人做他们本来的样子，会让你永远是赢家。

你所爱的人，从来没有背叛你，他只是做他自己，如果你因爱而受伤害，那是因为你背离了自己心中的爱。

狗儿爱骨头不爱牧草，牛爱牧草不爱骨

头，这就是它们的本质，如果你一直想改变，是“爱”吗?

真正爱一个人，是爱他本来的样子，而不是试图把他改造成你喜欢的样子。

25 错把痛苦当快乐

生命本来就是快乐的。

这是真的。我知道，当你看到周遭的一切，会觉得好像不是这样。但这是真的，生命本来就是快乐的。

人之所以不快乐，大部分原因来自想法模式的错误。我们总是这样想：如果……我就快乐。如果先生改变，我就快乐；如果我升上主管，我就快乐；如果我贷款还清或是赚大钱，我就快乐；如果小孩考得好成绩，我就快乐……人的悲哀就在于“错把痛苦当快乐”。

事实上你并不想快乐，否则你为什么要设下条件？你有一份工作，你现在就可以快乐，但你设下一个条件，要升上某个职位；你有一个好孩子，但你设下一个条件：孩子要考上好学校。你说，如果这个没有完成，那我就不快乐。我们在快乐上附加了太多条件，才变得越来越不快乐。

你了解吗？当你说“如果升上某个职位，我就快乐”，那如果一直没升呢？你是不是一直都不快乐？

就算你升上了某个职位，完成了设定的条件，你觉得很快乐，但这快乐又是怎么来的？一开始，这条件也是“你加上去”的。因为有些人没升官发财，一样可以快乐，不是吗？

不要把快乐跟获取财富名利和享受物质生活弄混了。

快乐不该有附加条件

回想一下，你一生当中有多少次已遂你所愿！如果说话算数的话，你早该快乐了，不是吗？你想拿到文凭，你拿到了；你想找份工作，你找到了；你想买部车子、想升迁，你也都办到了。在生活中，你已经一次又一次得到想要的东西，可是为什么仍然不快乐？

显然大家都弄错了！要体验快乐，并不需要更高的学历、更多的金钱、更大的车子或更好的对象，重要的是你自己的想法。

没错，乐由心生——是你的想法决定自己是否快乐。

引述戴尔·卡耐基（Dale Carnegie）的话：“使你快乐或不快乐的，不是你有什么、你是谁、你在哪里，或你正在做什么，而是你对它们的想法。举例来说，两个人处境相同，做的事情相同；两人都拥有大致相等数量的金钱和声望，然而其中一人郁郁寡欢，另外一人则欢欣愉快。”

什么缘故？心态不同罢了！

这个世界上有太多人拥有高学历、高地位，财产成千上亿，或找到好工作、好对象，却成天闷闷不乐，不是吗？

所以，**无论你达成了多少条件，又实践了多少梦想，除非你自己决定要快乐，否则是很难快乐起来的。**

试想，当你所期望的目标终于达到的时候，又是谁要你快乐的呢？根本就是你自己，对吗？

当有人问我，要怎么做才能快乐？

我总回答说："只要把你加在快乐上的条件除去就可以。"

快乐是你自己决定要快乐起来的结果，仅此而已，就这么简单。

快乐的人即使有时也会遇到困扰和烦忧，但他们仍旧能保持愉快的心情。

就像有句俗话说的："鸟儿不是因为有了答案才鸣唱，它唱乃是因为它有歌。"

人也一样，就算头顶乌云一样可以欢唱。

26 你可以满足多久

大部分人都以为快乐就是得遂心愿，其实这种快乐是肤浅而短暂的。

孩子买了新玩具，可以开心一天；女人买了新鞋，可以快乐一周；男人加了薪，可以满足一个月。但是过不了多久，孩子又想要新玩具；女人又看到新衣服；男人又想换部新车。每次一满足某种欲望，就会有另一个新欲望取而代之。

记得读高中时，有次到同学家开的乐器行，听到他用民谣吉他自弹自唱，当下就被吸引住了。从那天起，我对民谣吉他老是魂牵梦萦，甚至省下午餐钱，为的就是尽早买到一把属于自己的吉他。

事实上，与其说我对音乐有兴趣，不如说是想得到那把吉他。因为后来我真的买到跟同学一模一样的吉他，但没弹几次便束之高阁。我崇拜的对象变成了李小龙，我又开始迫不及待地想拥有双节棍……

无止境追求欲望就是自讨苦吃

一次又一次的经验告诉我们，这个世界上没有什么人能永远满足。毕业的人烦恼找不到工作；找到工作后，开始觉得薪水不够多；等到加薪了，又开始想什么时候才能升迁……今天想车子，明天想房子，大后天又想要一个漂亮的女朋友陪在身边。绝大多数人都是无止境地追逐下去。一旦拥有它，当新鲜感不再的时候，我们又会转头去找别的。

人们常说："如果可以和自己喜爱的人结婚，夫复何求。"可是，和心上人结婚之后呢？你真的满意吗？心愿已足了吗？

你终于买到那件想了很久的衣服，满意了吗？没有，也许你以为多买几件才会满意，那么，去问问那些拥有许多名牌时装的人，他们满意了吗？

我曾听一位女士讲她自己的经历：

有一次她到百货看到一件很喜欢的衣服，因为还没打折，有点犹豫，没有当场买下那套衣服。隔了几天后，她受不了，下定决心不管有没有打折都要买，再回到专柜衣服却已经被买走了。

“那套衣服的样式、颜色，我一直无法忘怀，”她说：“有时候想起还会怨叹自己当初没当机立断。”直到某次聚餐，她看到有个同事穿着她“朝思暮想”的那套衣服。她起初吓一跳，后来反而庆幸自己当时没买。

衣服还是同一件，为什么心情有那么大的转变？因为我们购买的其实是“欲望”，那就是为什么我们以为缺少某些东西就难以释怀，可是一旦得到，我们所做的却是——没有它也过得好好的。

所以，每当心中生起欲望时，我就会问自己：“我拥有那样东西之后，一定会快乐吗？真的就满足了吗？”

假如还是想满足这个欲望，那我会推想一下欲望满足之后。比如，一个月之后或一年之后，我会觉得如何？我会一直觉得满足吗？当然不会。知道了答案后，可以帮助我降低欲望。

你也可以试试！

你可曾因拥有某件想要的东西，而得到持久的快乐？没有吧！

每个人都有许多欲望，有些欲望非常强烈，我们会尽一切努力去满足，但是，往往在得到欲求的物品后，那股强烈欲望就会开始消退。

就像每天扛着漏底的破水桶，到很远的地

方去汲水，还没回到家，水桶里的水就所剩无几了，因此又得反反复复地往返汲水。

所以佛陀说，心的不满足即是痛苦，无论你得到多少，也不能满足一种想要更多、更好的欲望。

这个无止境的欲望就是苦。

想满足欲望就是自讨苦吃。

27 鱼总是最后一个看到水

几年前，一位友人送我一套“柴烧茶壶”，那是以手拉坯的方式制作壶身，佐以浮雕中国山水画，并经高温柴烧方式烧制而成，茶壶呈现自然落灰与结晶的风采。

我越看越满意，常常用它来喝茶，逢人就对它赞不绝口。有次我到苗栗三义，发现当地有卖类似的壶，于是又买了两套。

怪的是，当我再次拿起原来那套茶具时，那份感激与珍惜不见了。这让我深切领悟到，当人拥有越多，越容易因习惯而变成“身在福中不知福”。

你拥有很多，但那种满足的喜乐却不见了；房子里塞满东西，你却感到空虚，这就是现代人的情况。我们身处在富裕的社会，但富裕的生活并没有使我们更幸福，反倒引发我们对物质的渴求。为什么？

说一则故事：

有个盲人在路上跌倒，竟然摸到十元钱，不但没有高兴，反而当场哭了起来。旁人不解地问道：“你捡到十元，应该高兴才是，怎么哭了起来呢？”

盲人回答说：“我这瞎眼的，一跌倒就捡到十元，那……那些明眼的人，不知道捡到多少！”

明白了吗？**幸福与得到你想要的东西之间没有多大关系，却跟你是否“珍惜已经拥有的一切”有密切关系。**

想想，若你中奖得到一百元，但心中想的却是：“为什么我中的不是一百万元？”你会高兴吗？

这些年你是否发现，自己的快乐越来越少，人生越来越无趣，这并不是因为你缺少什么，而是你拥有的越来越多，反而麻痹了。

鱼总是最后一个看到水。一个感官麻木、视而不见的人，就算拥有再多，也很难感受到幸福。

我从感恩里学习到最棒的东西，就是了解到“自己已经够幸福”。

当感激渐渐增长时，我们的内心会有一股满足感油然而生。

如果没有感受到，就表示我们对自己拥有的一切缺乏感激之情。

不满和感恩是完全不同的向度，不满的人专注于欠缺的，而感恩的人则专注于拥有的。

一个老是不满现状、不知感恩的人，当然无法感受到幸福。

28 生活小确幸

我们大多数的人一生当中很少有机会可以得大奖，像是中乐透、见到北极光或得到诺贝尔奖。不过我们都有机会得到许多小奖，每个人都有机会得到一个赞美、一个拥抱或是一轮明月！生活中到处都有小确幸。

村上春树在《兰格汉斯岛的午后》中提到的“小确

幸”，是指人生中微小但确切的幸福。其实每个人的生活周遭都有不同的小幸福，只要你细心观察，就会发现它们在你身边。

每次经过卖咖啡的推车旁，深吸一口咖啡的香气是幸福。

听到小鸟在窗口边啁啾啼叫是幸福。

看见小婴儿脸上纯真的笑容是幸福。

有人关心你、爱着你是幸福；和朋友喝咖啡闲聊是幸福；水缸里的鱼生了小鱼也是幸福。

村上春树说他自己选购内裤，把洗涤过的洁净内裤卷叠好、整齐地放在抽屉中，就是一种微小而确切的幸福。

幸福不是“物质”上的，而是“本质”上的。它不是用钱买来的，而是你感觉到的。

人生其实很美，美在你不曾注意的地方

这么多年来读诗的经验，我发现从人行道裂缝冒出的小花到清晨闪烁的水珠都是诗。想要活得快乐、优雅，得学会像诗人那样，随时使用敏锐的观察力，感受周遭的小确幸。

曾有人请教过画家乔治亚·欧姬芙（Georgia O'Keeffe），为何在她的画中总是刻意把其实很小的东西，例如花瓣的比例放大，却将那些实际上很大的东西，例如山脉的比例缩小呢?

“大的东西人人都看得见。”她回答：“可是这些小东西长得那么漂亮，如果我不刻意强调，恐怕会被人们忽略。”

看见生活中的问题是很容易的，因为每个问题都像一道墙一样，但我们总是忽略墙脚边的小花小草，没有注意到它们在微风中摇摆欢笑。

法国作家安东尼·圣修伯里（Antoine de Saint-Exupery）说："人们在花园里种了五千朵玫瑰……然而他们还是找不到他们要的……其实他们要的东西，可能在一朵玫瑰或一滴水珠上就可以找到。"**人生其实很美，美在你不曾注意的地方。**

世人大多错过了，因为他们一直在等待某些伟大的事发生。但生命的喜悦只会透过平凡的小事发生：田野的风光、树下的光影；清晨的朝露、晚霞的余晖；饭菜的香味、朋友的问候……套句村上春树的话："如果没有这种小确幸，人生只不过像干巴巴的沙漠而已。"

你无须到远方寻找幸福，你应该就近灌溉、栽种它。

我们不停追逐着想象中代表幸福的青鸟，会不会到最后才发现，原来幸福不在很远的地方，而是在我们每天的生活中。

美国著名的幽默作家乔希·比林斯（Josh Billings）比喻得妙：“假如你曾经追寻到幸福，你便可以了解，那就像一个老妇人急着寻找她遗失的眼镜，却发现它好端端地架在自己鼻梁上。”

人，说走就走。

每个人都不知道自己哪一天会死。

当你双脚迈出家门时，临走的一声再见，所意味的可能是还会再见面，也许是永远“再见”！

Part 5

心之所向，莫过当下

29 做得太多，活得太少

可能是受家庭教育的影响，我是个急性子。不但说话快、吃饭快、走路快，做事也要求高效率。

这个习惯牢牢套住了我，每次我在做某件事时，总是急着想下一件事。我常边做事边想还有什么事没做，等做完这件事后要做这个、做那个，几点要联络某人、记得要交代哪些事……我甚至连去散步也摆脱不了这种坏习惯；我都先设定好时间，散步的重点似乎是为了完成某项任务，而不是为了享受片刻的悠闲。就像美国诗人桑德堡（Carl Sandburg）说的：“我是个理想主义者，我不知道要去哪里，不过正在路上。”

曾有人提醒我要放慢脚步，当时我的第一个反应是：“如果脚步太慢根本做不成什么事。”因为世界转动太快，我们也要行动快速，才能跟上脚步。但快速的行动反而让人感觉老跟不上脚步。

有句话说得很对：“看他们急急忙忙的，似乎是为了要节省时间；但我从未见过一个觉得时间够用的人这样急急忙忙。”当我脚步越快，就越焦虑、有压力；越是焦虑、有压力，脚步就越快。这样的情形连带也影响到我的健康、家庭和人际关系。

我开始质疑这种“快速却不快活”的生活方式。

我曾观察一些工作满档，却照样过得很快活的人，他们和拼命三郎最大的差别在于，他们懂得享受所做的事。

重要的是时间的质，而不是量。他们总是全心投入正在做的事上，而不是把所有事塞进时间里，如此就会有更美好的经验，生活也会更自在。

人生就像一本书

我也发现脚步太快，往往无法尽情感受周遭的事物。倘若你试着快进一部电影，只能看到模糊的影像，却无法欣赏剧情，也体会不出电影的意义。这就是我当时的情况——在人生的电影中赶场，却不知道在演什么。说真的，现在回想起来，我都忘了那些年是怎么过的。

如今我知道，**要成为一个“感受生活”，而不是“赶着生活”的人**。当我们放慢脚步，途中若是碰到美丽的事物，如路旁的一朵野花、一只野鸟，乃至树上刚冒出的嫩芽，就可以驻足欣赏。这时候野花、野鸟、嫩芽都为我们而存在。如果我们匆忙仓促，连一刻都不能停下来，即使再美的风景，人若无心欣赏，又有何美妙可言？

如今我知道，**要把目标摆在心里，但不要一路盯着它，免得忽略了过程本身**。就像搭火车，虽然要确定上对车、下对站，但坐在车上时，并不需要一直想着下一站是哪里、什么时候该下车。匆忙焦虑并不会让我们提早到站。

人生是无法倒带的，它只能不断前进，每分、每秒、每个时刻流逝之后，就再也无法回头、重新来过。

曾有人做过这样的比喻：

人生就像一本书。愚蠢的人往往只是匆忙地随便翻翻；而聪明的人却用心细细阅读。因为他们知道人生这本书一辈子只能看一次。

生命中的每个情境也都只发生一次，好好珍惜吧！

我们总是在想：

“等一下要做什么，做完以后还要做什么……”

为什么从来没注意到，自己现在在做什么？

想一想吧，早上还没起床，你就先担心起床后的寒冷而错失了被子里最后几分钟的温暖；吃早餐时，你又想着路上可能塞车而囫囵吞枣，错过了品尝美味；你到外面散心又想着待办的工作或未完成的课业，因而错失风景……

你从来没有生活在此时此刻，当然享受不到生活。

30 错过了过程，当然感受不到

常听人说，泡一壶好茶、喝一杯咖啡，或是去爬山、赏鸟很享受。但是，当我们正在做这些事情时，为什么没感受到？

原因就在我们的心并没有融入。比方说，有人告诉你："爬山很享受。"所以你就去，等爬回来，你说："真搞不懂，哪有什么享受？腰酸背痛。”你的心并没有跟阳光在一起，也没有跟风在一起，你只想着登上山顶，你错过了过程，错过周遭的美景，当然感受不到。

人生也一样，一般人都努力想达成目标，认为达成目标就可以享受人生。但事实真是这样吗？想想看：

如果读书很痛苦，当你毕业之后就很快乐吗？

如果当员工很烦恼，做了老板就没有烦恼吗？

如果恋爱很多问题，当结婚之后就没问题吗？

如果怀孕很辛苦，当孩子生下后就很轻松吗？

不，达成目标并不是快乐的保证。人生重要的是过程而非结果。读书有读书的好，就业有就业的好；员工有员工的好，老板有老板的好；恋爱有恋爱的好，结婚有结婚的好……人生过程就如一个待产的母亲，她的快乐不只来自婴儿的诞生，同时也来自怀孕中的期待和喜悦。

盯着计分板打球，眼中所见的已不是球

作家沃尔夫（Wolf）说得对："如果你观察一个真正快乐的人，你可能发现他正在建一艘小舟、写一首交响曲、教导他的儿子种植花木，或正在戈壁沙漠寻找恐龙蛋。

"他不会像搜寻一颗滚到电暖炉下的衣扣那样，以寻找快乐为目的。他意识到一天满满的二十四小时；在每时每刻的过程中，他都是快乐的。"

快乐是享受整个过程。你可以试试看，泡一杯茶，饮一口！感觉喝茶时的温暖，以及那清香的流动！完全浸在

里面。感觉那整座茶山、整座茶园的阳光、空气和水都进入你的内在，去融入那样的感觉，就是享受。

如果你只是为了快点把茶喝完，那就只是撑饱肚子而已。

如果你想要快乐，你不能够像一支箭直接射向快乐的目标。登上某座高山的山顶不会使人快乐，只是让人解脱，爬山的过程才会带来快乐。如果必须“到达”山顶才快乐，那你整个“路程”怎么可能快乐呢？

以此推论，快乐只是某段旅程的终点，那么一旦抵达这个地点，便意味着旅程的结束，不是吗？那就是为什么许多人即使达成了目标仍无法享受人生。

人生的百分之九十八都是过程，如果你只为目标而活、为那最后的百分之二而活，那你的人生十之八九是不快乐的。

日本有句谚语：“如果你只为效益或成果而活，无疑是盯着计分板打球，眼中所见的已不是球。”

如果你也是这样，也是为效益或成果而活，我想多半时候你一定是不快乐的，因为在达成的“过程”中，也就是在你达到想要的结果之前，你所做的任何事都变成负担和痛苦，快乐只存在于目标达成的时候。而那是在未来，所以现在的你很难快乐。

31 我要的是什么

每个人家里应该都有许多不同品牌和风格的杯子，然而不论它们有多美丽、多昂贵，如果我们忘了里面的茶，杯子就会变成障碍。杯子的不是拿来展览或炫耀的，而是用来喝茶的。

人们的迷思就在于很会买杯子，却不会喝茶。只知道购物，却很少拿出来用；只知道念书，却不知道将来要做什么；渴望恋爱，却不知道恋爱之后要如何经营、维系感情；不断增加银行存款的数字，却没有提升生活品质；想长生不老，却不知道活着是为了什么……这些都是追求茶杯却忘了喝茶。

不管你追求什么，首先要问自己一个终极问题："我要的是什么？"

就像在路上走的、开车的、坐车的，都是要到某个地方去。**如果你只知道开车，不断踩油门，却不知道自己要去哪里，这不是很瞎吗？**

常有人问我要怎样才能长寿，然而我们为什么要长寿，你为什么想留在这个身体里，这问题你想过吗？多数日子你都过得不快乐，你对父母不满、对朋友不满、对老板不满、对另一半不满、对社会不满、对周围的一切都不满，甚至对自己的身体不满，尽管如此，你还是希望能一直留在这个身体里，为什么？

活得久不是活着最终的目的，而是实现梦想或希望的手段而已。你必须知道："活着是为了什么？"那样长寿才有意义。

追求是手段，幸福快乐才是人生的目的

我想起一则故事：有个江湖术士到一间有名的禅寺去，一进寺院就大声嚷嚷要住持出来，摆明要"踢馆"，引来很多信徒围观。

术士傲慢地问住持："你懂得如何布下七星阵，替信众降妖除魔吗？"

“老衲不懂。”住持说。

术士又说：“你懂得如何使出乾坤挪移大法，替信众化解灾难吗？”

“老衲不懂。”

术士继续咄咄逼人地说：“那你懂得摆设三宝三牲，替信徒度化冤亲债主吗？”

“老衲还是不懂。”住持依然这么回答。

“哼！那你这个和尚究竟懂什么？”

“只会拈香念佛。”住持说。

“这么说来，我的法术比你厉害，比你高明多啦！”术士扬扬得意地说。

“我们的责任是替信众带来安心。但你将简单的事情复杂化，我将复杂的事情简单化。”住持微笑地说：“究竟是谁比较高明呢？”

一旁的信众听了，纷纷叫好。术士只好涨红着脸，悻悻然离去。

人在追逐中常忘了自己的初衷，那就是为什么我们做任何事前都应该先弄明白，自己要的是什么。

你想念研究所，念完要做什么？

你想让孩子学各种才艺，学那么多才艺要做什么？

你想买间大房子，那么大要做什么？

你想长命百岁，那么长命要做什么？

追求是手段，幸福快乐才是目的。把追求看成目的，而忘了该怎么把生活过好，就像只知道握着茶杯却忘了喝茶，那才是真的白活了。

希腊哲学家亚里士多德（Aristotle）说：

“人生的目的在追求幸福，但不是所有的幸福都是人生的目的。”

我们每天都很努力，却不曾停下来问自己，它是否值得我们这么费力，到底我们追求的东西有没有价值。

什么是自己所要的幸福要加以选择，不要盲目跟着别人走。

32 此刻，你在做什么

“活在当下！”这句话可能很多人朗朗上口，但“活在当下”是什么意思、“为何”以及“如何”活在当下，这些问题可能很少人真正想过。

为什么要活在当下？那是因为对我们来说，只有一个时间，那就是当下。你不可能回到过去或是活在未来，只有当下这一刻才是真实的。

许多人把时间花在后悔过去已发生的事、想着过去的辛苦和不愉快，或是老在为未来计划，为未来担忧。想想这会有什么结果？就是错过当下。

还有些人很可怜，他们一辈子为了生活里的繁忙埋头苦干，甚至常常不知道自己正在度过人生最甜、最美的一段。然后不知不觉中，当生命走到了尽头才醒悟，自己浪费了一生的时间，从来没有真正活过。

该怎样活在当下呢？

简单地说，就是要活在此时此刻。**你到一个地方，首先你要问的是：“我为什么会在这里？”然后，接下来**

你要问一个更根本的问题："我在不在这里？"我指的不是"你的身体"，而是你的"心"，是不是在你所在的地方？

试想，某个男人正在跟女友喝下午茶，在良辰美景中，轻柔的音乐令人如痴如醉，这时他竟然问她说："我们什么时候离开，我想起出门前忘了关电脑。"

一下就把眼前的美好时光给抹杀了！

显然这男人并没有把心思放在眼前这一刻。当你全然在这里，就不可能想着其他的事。可想的都是已经发生过的事，或者等一下（未来）要发生的事，你又怎么能够"想"现在？这也是许多人学习静坐的原因，因为唯有安于当下，心才能静下来，才能真正身心安顿。

人们常说喜悦就是活在当下。想想看，你和男朋友或女朋友到某地旅游，却心不在焉，那你人在哪里？如果你身在心不在，谁能替你联络感情？如果你整个人都不在这里，又如何感受喜悦？

喜悦不是想出来的，而是当下直接的感受。体验的瞬间，是唯一存在的时间。此刻你正在体验什么？

此刻，我正在和父母联络感情；此刻，我正在休闲度假；此刻，我正在抬头仰望蓝天；此刻，我正在欣赏一只蜗牛……

拿一张“此刻，你在做什么？”的小卡片，随时提醒自己觉察当下，享受每一个片刻，慢慢你就感受到活在当下的喜悦。

当你全然地活在此时此刻，没有杂念，就是一种“静心”。

所以在佛教中，把觉察当下所发生的一切，

称为正念。

古代禅师开示弟子的修行之道是："吃饭时吃饭，睡觉时睡觉。"道理就在这里。

正念就是全神贯注在当下，不忧虑过去或未来。

不要去想别的事，你现在做的事就是人生最重要的事。

如果你不能秉持正念吃饭、睡觉，就连你在静坐时也无法静心，那做其他事情时也一样不能专心，失去正念。

33 恨晚

朋友被诊断出癌症末期，大家去医院看他。离开后在医院门口感叹：“唉，他还这么年轻，怎么会……”

另一人说：“上回还听他说，等到工作稳定后，要带全家出国旅游。”

在医院，这类的场景不断上演。我们每个人都有春秋大梦，期待着某个日子的到来：等到达成目标，等到赚够了钱，等到身体健康，等到孩子都长大，等到退休了……那时我们就有时间去做我们认为重要的事。

然而结果真是这样吗？

曾听过一位教授的演讲，他说一般人的一生不外乎三个阶段，第一个阶段是学习，第二个阶段是工作，第三个阶段是退休后享受人生。

他问现场的人想不想赶快退休？现场所有人都迫不及待想赶快退休。教授又问，退休之后要做什么？

有人回答去旅行、环游世界；也有人回答做义工、志工。教授提到，有很多人拼命赚钱，以为等赚到几千万后退休，再来好好享受人生，结果一朝检查出来罹患不治之症，什么都没享受到就不甘心地离开了。也有人退休后天天出国旅行，玩了一阵子后又觉得人生失去目标，一直玩乐似乎也欠缺一点什么。那么应该要怎样面对人生呢？

他的结论是：每天都要享受人生，而不是等到退休后才来享受人生。

人生不售来回票

我有一个朋友的妻子一直想到意大利旅游，这是她唯一的愿望。只是我这朋友老是说，要等到房贷付清、等孩子长大再去。

如今，房贷付清，孩子也成家立业了，妻子这个梦想却一直没有实现，她去年过世了，留下无比的遗憾。

所以不要延缓要过的生活，不要说将来有一天想过的日子会来临。“想做什么现在就去做，因为生命是不等人的。”有位学长每次提起这段往事总感慨万千地说。以前他老婆一直希望他能送花给她，但他觉得太浪费，总推说下一次再买，结果却是在她死后，用鲜花布置她的灵堂。

有很多事，在你还不懂得珍惜之前已成往事；有很多人，在你还来不及用心之前已往生；有很多梦想，也许永远不会实现。

遗憾的事一再发生，但过后再追悔是没用的，“那时候”已经过去，“那个人”也已经不在。

塞内加（Lucius Annaeus Seneca，古罗马时期著名的斯多亚学派哲学家）说得对：“在我们等着要去生活的时候，生命已经过去了。”人生没有售来回票，失去的便永远不再回来，将希望寄予“某个特别日子”的我们，不知失去了多少可能的幸福。

我看过一篇文章，内容是说有个人的妻子因为一场意外而过世，他在整理她的衣物时发现一条名牌围巾，上面的吊牌还在，人却已经不在了。

我也听说有个病人漂亮衣服舍不得穿，她总说："要等到特别的日子才穿。"后来在她的葬礼上，在那个特别日子里终于穿上了。

所以，不要再说："我以后要怎样怎样……"如果有"以后"想做的事，就请现在去做！以后你只会变老、体力变差、兴致变少，而且以后的你未必有现在的心情，以后的你已不是现在的你，不是吗？

生命中大多数美好事物都是不等人的，千万别让自己徒留"为时已晚"的遗憾。

有些时间专家建议，假装自己只剩下七天生命，那你会如何安排？和谁共度？

多数人的回答是：

“如果我只剩七天，我会告诉某某某我对他的爱……”

“如果我只能活七天，我要坐在海边，欣赏夕阳……”

大多数人都希望能做些使生命更完整的事，而且也都意识到这件事的迫切。那么，还等什么呢？

为什么要等到只剩下“最后”的七天，才愿意去做这些事？

为什么不现在就去做？

34 把每一天当最后一天

我想问大家一个问题："假设你现在得了癌症，只剩半年可以活，那么你打算过什么样的生活？对这一生，你满不满意？是否觉得生命当中还有什么想做的事，却迟迟没去做？"

一位病人被诊断出癌症时，已是末期，他剩下的日子不多。他说："当我接受死亡的事实后，生命才真正开始。以前日子都不知道是怎么溜走的，现在我不会再轻易错过。"

一位癌症病人想用自己最后几年的生命去圆他尚未实现的许多梦想，结果他居然一个一个把那些梦想全都实现了。后来他告诉别人："我无法想象要不是这场病，我的生命会有多糟糕。是它提醒我，去做自己想做的事。"

还有位企业家谈及他的生死观。他说，他曾生过大病、住过加护病房，在生死一线间被拉回人间。从此他不断思索："我还有什么事没做，要及时去做。"

就像《西藏生死书》作者索甲仁波切说的："接近死亡，可以带来真正的觉醒和生命的改变。"仿佛只有当我们体认到在世上的时间是有限的，才懂得好好过每一天，好像过去的日子不存在似的。

其实，死亡并不是最后才发生，而是已经在发生，只是不知道什么时候、用什么方式找上我们。一场大病能让人体验到生命的脆弱；一件意外会使人发现死亡近在咫尺；被医师宣告只剩几个月生命的病人更会了解，不论你愿不愿意，都必须面对死亡。

我真正活过了

人，说走就走。每个人都不知道自己哪一天会死，没有人知道明天会发生什么事。当你双脚迈出家门时，临走前的一声再见，所意味的可能是还会再见面，也许是永远

“再见”！

有位学生说了一段他自己的故事。那是发生在去年冬天的事，他父亲赶着要出国，而他也赶着去赴朋友的约会，他匆忙跟父亲说了声再见，没想到这竟是他们最后一次道别，因为从此他们就没“再见”了。

所以，我常说：“要活得像明日就要死去一样。”这并不是要你消极度日、麻木苟活，相反的，如果你将每一天都视为最后一天，你就不会到处鬼混，而会立刻去做想做的事、去说出心里的话；你会全心全意好好生活，善用每一分钟。那样就算死亡哪天真正来临，你也不会有遗憾，你可以说：“我真正活过了！”

把每一天当最后一天，你就知道该怎么活。

想好好活着的最大秘诀就是“死前先死过”。

想一想：

如果昨天就不在人世了，那么今天会错过什么？

如果明天就死了，今天所经历的一切有没有意义？

如果来日无多，你会不会希望自己是以另一种方式过活？

知道了答案，你就知道自己已经浪费了多少生命。

35 想象自己的告别式

“人的一生如何了无遗憾？”这问题曾一再被提及。

我认为最简单的方法就是“以终为始”，把生命的过程颠倒过来，让所作所为都以人生最终愿景为归属，那么，就算死了也能了无遗憾。

因此，现在我想问大家几个问题：

第一个问题是："你想你可以活到几岁？"拿一张纸把这个数字写下来。

第二个要问的是："你现在几岁？"也请你把数字写下来。然后把第一个数字减去第二个数字，得出的数字就是你还有几年可以活。

日子还很长的朋友，请你好好想想：你现在该怎么做？是不是该注重养生保健？是否该做更好的经营和规划？该怎么过更美好的人生？

剩下日子不多的人，也请想想：你还要继续累积、执着于那些身外之物吗？还要那么严肃过日子吗？你还要爱发脾气、看不开，跟人斤斤计较吗？

管理专家史蒂芬·柯维（Stephen Richards Covey）在《与成功有约》中有一段话："每个人在开始做任何事

前，就应该要有结束的图像在脑海里。”

我第一次读到这句话时感到很震撼：**你能想象将来在你的丧礼上，你周围的人如何描述你吗？**

柯维建议大家想象自己的告别式。在告别式中，今生所有对你有特殊意义的人物都在场，包括配偶、兄弟姐妹、朋友、同事、儿女等。然后请想象，你希望听到什么样的评语？他们会记得你什么？你是个称职的丈夫、妻子、父母或子女吗？你是个令人怀念的同事或伙伴吗？失去了你，对他们有什么影响？对某些人而言，这项练习可能令人毛骨悚然，却可以帮助我们“以终为始”。

我个人很想听到的是，太太描述我是一个负责、体贴的伴侣；在孩子眼中我是个关心子女、无所不谈的好爸爸；朋友说我随和、慷慨；邻居说我和善、诚恳；同事说我正直、乐于助人……而这就成为我努力的目标。

我开始写作也是希望对人们有些影响，可以留点什么给世界。

意大利文学家卡尔维诺（Italo Calvino）曾说：“死亡，是你加上这个世界再减去你。”这句话很发人深省：“你在或不在，这个世界有没有不一样？”

我认为每个人在世上留下一点自己的东西是很重要的。记得就是生，忘记就是死。如果某人已告别人间，可是依然活在我们的记忆里，他便是栩栩如生的，如果他在不在并没有什么不同，那他活着等于是死。

活着最重要的是追寻无憾，人我皆无憾，才是圆满。死者的未了是活者的未来。每个人若能以人生最终愿景为依归，那将是最圆满的一生。

当我们老去，回首前尘，自问这一生做了什么？

有一份工作，赚了点钱，结交一些亲友，但我们到底做了什么？

圣奥古斯丁（Saint Aurelius Augustinus）曾说，当一个人问自己这样的问题时，就算是真正长大了。

什么问题呢？“我希望别人记得我是怎样一个人？”

如果怀疑自己该做什么时，只需问这个问题，便能清楚知道自己该怎么做。

满足需求只是本能，明白自己不需要什么才是人生智慧。

套句心理学家威廉·詹姆斯（William James）的话："懂得什么该舍，就是懂得智慧。"

生命的过程就如同一次旅行，如果你想轻松自在，就必须卸下一些东西。

Part 6

学会放下，方得始终

36 你也是观光客

大约十九世纪末，一名美国观光客来拜访有名的波兰智者哈应姆（Hafez Hayyim）。

这名观光客很惊讶哈应姆只有一间都是书的简陋房间，仅有的家具是一张桌子和一把椅子。

观光客问："老师，您的家具都在哪里？"

哈应姆反问他："那你的家具又在哪里？"

观光客笑道："我的？我只是个过路客啊！"

哈应姆也笑着答道："我也只是一个过路客呀！"

他说得对，我们都只是过客而已。在这个世界上，没有人能真正拥有任何东西，所有的钱财都是流动的，今天在我这里，明天又流到别处。你的房子、土地、黄金、古董……都只是借你暂用和保管而已，最多保管几十年，当我们撒手人寰，什么都带不走。你只有使用权，并没有所有权。

你也许觉得疑惑："这黄金、古董是我买的，我当然拥有它。"但你真的拥有吗？不，当你还没拥有之前，那些东西早已存在，它们是由别人所拥有的，当有一天你不在了，那些东西还会在这里，且将由别人拥有。

或许有人不服气："那块土地我有它的权状，我当然是所有权人。”其实这跟权状无关。因为在你拥有之前，那土地的权状在别人手上，有一天你不在了，就连发给你权状的人都不在了，但土地还会继续存在，你怎么能够宣称“我是所有人”呢？

我们就像小孩子在沙滩上盖城堡一样，用海沙、贝壳、浮木等装饰这座城堡。我们怕别人碰、怕别人占去，我们是那样执着，然而不管你如何保护，潮水终究会把它冲走。

如果你是有智慧、有所领悟的人，迟早都会发现，**世界只是一间暂住的旅店，你就像观光客一样，可以使用里面的设施，但什么都不能带走**。既然如此，为什么不趁着离开前，尽情享用，并分享给大家？

在这世间你能获得什么？你又能带走什么？

你的地位或是你的财富、你的权势？

包括你的身体在内，你什么也带不走，当死亡到来，唯一可以带走的就是你的灵魂。

现在就看你想将生命投注在哪些事情上，你想用你的生命追求那些带不走的，还是带得走的部分？

37 放不下，心当然静不下

在某个禅修营里，主持人是一位大师，他教学员凡事要放下。那次禅修一共十天，从早上六点开始到晚上十点结束，每打坐四十五分钟，就读经四十五分钟，唯一的休息时间是用餐时间。

在禅修大厅里大家不是坐坐垫，就是坐在小凳子上，每天学员都要回到一开始选定的位置就座。到了第六天，趁学员用餐时，指导老师重新安排了坐垫和凳子，待学员回到大厅后出现了骚动，几乎每个人都起了执着心，因为他们习惯的座位被改变了。他们花了许多时间来学习“放下执着”，指导老师仅花了片刻，便让大家看到自己其实有多么执着。

我们对东西执着，对人、对事、对习惯执着，我们对执着上了瘾。但大家可曾想过这种执着心有什么不好?

对某人或某样东西一有执着，就表示我们被某物或某人“绑住”了。例如，妈妈爱小孩，太在意、太想据为己有，痛苦就由此产生。当孩子长大结婚，自然和媳妇产生龃龉，造成家庭不和。再如，我们想升上某个职位或达成某个目标，自然会变得患得患失。一旦你执着什么，你的喜怒哀乐都会受制于它们。得不到就会痛苦；得到以后，又害怕失去。得失之间，心岂能平静？

“得”的快乐是一时的，“放”的快乐才是永久的

为什么要“放下执着”？人们常会误解，以为放下执着就是要放下拥有的一切，事实上并不是这样，放下执着并不是针对我们所拥有的东西，而是针对我们对拥有东西所抱持的态度。

举例来说，你可以拥有财富，想赚钱并没有错，但如果你觉得没赚到钱，或是失去钱就痛心疾首，那就是执着。

你可以爱某个人，但如果你觉得非得到不可，没得到

或是失去就痛不欲生，那就是执着。

灵性导师拉姆・达斯（Ram Dass）在回答一位询问者的问题时，曾完整地表达执着与不执着的并存性。他说："此刻，我爱你如我曾爱过的每一个人，而我对于是否会再见到你并不在意。"这种不执着的态度就是放下。

有一则广为流传的故事：

某个禅师非常喜欢种兰花，在平日弘法讲经之余，几乎都在栽种兰花。有一天，他要外出讲学，于是交代身边的小和尚照顾好寺院里的兰花。

禅师走了以后，小和尚悉心照顾兰花，但有一天在浇水时却不小心摔了一跤，把花架撞倒了，所有的花盆都摔碎了，兰花散了满地，很多都被摔坏了。

小和尚把禅师的兰花摔坏了，心里非常不安，每天都吃不下饭、睡不着觉。过几天，禅师回来了，小和尚心惊胆战地向禅师赔罪。禅师看着泪流满面的小和尚，不但没有责怪，反而和蔼地安慰他。

“师父您真的不生我的气吗？”小和尚以为禅师可怜他年纪小才饶了他。

禅师笑着说道：“我种兰花，一来是希望用它来供佛，二来也是为了美化寺里环境，不是为了生气才种兰花的。”

禅师**没有“执着心”，心情也就不会跟着外物来来去去，而起起落落。**

深呼吸一口气，把念头转到别处去，看看窗外美丽的远山，看看那蓝天白云，你对于眼前这片美景的感受，不应该为某个人的离去，或是某样东西的失去而化为乌有。想想看，那个让你痛苦的是什么？那个害你心情烦乱的东西在哪里？不过是你一念执着，不是吗？

南传佛教大师阿姜查说得好："如果放下一些，就会有一些平静。如果放下很多，就会有很多平静。如果全然放下，就会全然平静。"

你一直放不下，心当然静不下。

我们一定要和一个人绑在一起才能够爱他吗？

你会说："不必！"然而一旦爱上某个人，我们就会依恋对方，不想失去他，而抓住不放；对事物的喜爱也是如此。

我们害怕自己不能掌控，就会紧抓不放，以为这样，我们就安全了。

事实上，你抓得越多，就越恐惧。

一旦放下那些执着、放下想要掌握的那些人事物，你反而自由自在。

“得”的快乐是一时的，“放”的快乐才是永久的。

38 苦，是自己想出来的

人之所以受苦，是因为被困在自己创造的负面认知里。

“我很苦”“生病很苦”“失恋很苦”“没钱很苦”“孤独很苦”……这都是心对苦起了执着；这些苦都是自己创造的。

假设我待在空房间里，想着自己没有朋友，没有人关心我，心里会有什么感觉？我会觉得自己孤单寂寞、悲惨凄凉。然而事情的真相是：我自己一个人待在房间，如此而已，悲惨和凄凉是自己想出来的。

“我会生气，是因为他说话不算数。这是我自己编造出来的吗？”一位朋友不平地说。

“或许不是，但你会如此生气，却是自己心中想法造成的。”我说。

一位学生说：“我会那么伤心难过，是因为我的男友移情别恋。”

这也是把自己的想法加入既成事实。引述美国伤心疗愈协会创办人约翰·詹姆斯（John W. James）的话：**“遭遇是别人造成的，难过是自己造成的。”生命中的遭遇，我们本来就必须接受，但因为想法所追加的**

痛苦，却不必要承受。

曾有病人问说：“那得了重病呢？这痛苦难道也是自己想出来的？”

没错，我们如何想、想什么，是决定我们经验的唯一因素。那就是为什么那些没有失恋和生病的人一样会陷入痛苦。这个世界能伤害我们的都不是外在的人事物，唯一能伤害我们的，是透过我们内心起的作用。

在医院常看到人们历经身心煎熬。有些人可以平和以对，有些人却是哀怨悲苦。为什么他们的反应如此不同？

我观察后发现，当病人只有肉体的痛楚时，都没有问题，但当他们开始对病痛起了念头，觉得自己很可怜，想着自己很悲惨不幸，就开始觉得哀怨悲苦。

“我执心”基本上就是一种错误认知，而这错误正是我们受苦的根本原因。人们所有的苦难都是这么来的。每个悲苦的感受背后，都存在一个悲苦的想法。遗憾的是，我们都太沉浸在情绪中，很少人懂得“往内看”，注意在痛苦的时候，自己内心正在想什么？有什么感觉？

以感觉作为指标，可以帮助我们知道自己置身哪一种思维模式。一般而言，若你觉得愉快，就意味着你置身正面想法当中；若你觉得不愉快，就意味着你置身负面想法当中，此时就该转念了。

乍看之下，好像是生命的情境创造了痛苦，其实不然，痛苦是我们创造出来的。

很显然，抱持某个想法前，你没有痛苦；有了这个想法，你便陷入痛苦。这痛苦是怎么来的？

是你自己“想出来”的，不是吗？

39 你只要不再紧抓着不放就好

要放下伤痛，说来容易，做起来难，原因就在人们对痛苦有很深的执着。更明白地说，人们并不是忘不了伤痛，而是不想忘记。

你还记得小学时谁欺负过你吗？还记得被人排挤、被人背后说坏话、被老师责罚或做错事被爸妈骂吗？你可能都不记得了，就算记得一些细节，也已忘记当时痛苦的感受。但为什么某些痛苦的往事你却牢牢记得？

是你自己念念不忘，对吗？

有一次，韩国禅宗镜虚禅师带着弟子满空外出云游，随处弘法。满空刚出家不久，还不习惯这样辛苦地在外面行脚。一路上都在嘀嘀咕咕，嫌背负的行囊太重，不时要求师父找个地方休息。

镜虚禅师虽然嘴里说到前面就休息，却没有要停下来的意思，一直健步向前，满空跟在后面气喘吁吁。

一天，师徒俩经过一个村庄，见到一位妇女。镜虚想借机给徒弟一些启示，于是忽然上前握住这名妇女的手和她说话。妇女大惊，叫了起来，邻居闻声出来探视，见有妇女被人调戏，大家齐声喊打。

身材高大的镜虚禅师立刻掉头就跑，徒弟满空只得背起行囊随着师父飞奔，师徒两人一连跑过几个村庄，见后面再没有人追赶，才在一条寂静的山路旁停下脚步。

这时，镜虚回过头来问徒弟说："你现在还觉得行囊沉重吗？"

满空回答："好奇怪，刚才一心随着师父往前奔跑，背上的行李一点都不觉得重。"

如果你不喜欢这个剧情，只要换台就好

累是因为你心里老想着，所以，如果你有什么"放不下"，就必须先深入内在，去看看你放不下的东西，

究竟是它们抓住你，还是你抓住它们？能够看清这点非常重要。

畅销书《塞多纳术》（*The Sedona Method*）作者海尔·多斯金（Hale Dwoskin）曾如此解释及示范“放下”，我觉得很受用，当负面想法和感觉紧抓你不放时，你也可以试试看。

首先拿一支笔，将笔紧握在手里。笔代表你的想法和感觉，而手是你的知觉。

你注意到紧握着笔很不舒服，但过了一阵子，就会慢慢习惯。你感觉到了吗？你的知觉也是用同样的方式紧握住你的想法和感觉，最后你会习惯，甚至不知道自己这样紧握着。

现在把手打开，让笔滚过手掌。注意你的笔和你的手并没有粘在一起，你的想法和感觉也是如此，它们并没有粘着你。

现在把手翻过来，让笔掉下去。

发生了什么事？笔掉到地板上。

这很难吗？不难，你**只要不再紧抓着不放就好，这就是“放下”的意思。**

我们该如何放下过去的伤痛？

想想你如何甩掉手中烧烫的木炭？如何甩掉一件沉重而无用的行李？只要你认识到自己不想再承受更多的痛苦或继续背负重担，你自然就会甩掉。

没错，**天下没有过不去的事，只有跟自己过不去的人。**一旦你了解到原来是你自己抓住伤痛，那要不要放下，就看你自己了。

我们无法忘却痛苦的过去，但也无须重新体验它。

就算无法放开它，也无须紧抓它。就像看电视一样，当你转换频道，所有的画面就只是掠过你的眼前。

你可以决定是否要留在这个频道，如果你不喜欢这个剧情，只要转台就好。

任何思绪被遗忘或抛开时，就表示它已经不存在你心中了。

如果某事不存在你心中，它便不存在你的现实中，而你也不会受它影响，除非你再次去想它。

40 你累了吗

想想，每个人初到这个世界时，都是光着身子、两手空空，没有带来任何东西。等到年纪渐长，我们不断买东西、要东西、找东西、堆东西……这些不断增加的物品、职责、财产、人际关系，应该做的、必须做的，几乎占据了我们全部的时间和空间，压得自己喘不过气。

你曾打开来检视过吗？看看你背上扛了多少不必要的负担？那些东西真的值得你一直背负吗？

有个人觉得生活很沉重，便去见哲人柏拉图，寻求解脱之道。

柏拉图没有说什么，只给他一个篓子让他背在肩上，并指着一条沙石路说：“你每走一步就捡一块石头放进去，看看有什么感觉。”那人遵照柏拉图的指示去做，柏拉图则快步走到路的另一头。

过了一会儿，那人走到了小路的尽头，柏拉图问他有什么感觉。

那人说：“感觉越来越沉重。”

“这就是你感觉生活越来越沉重的原因。”柏拉图说：“每个人来到这个世界上的时候，都背着一个空篓子，但在人生的路上，我们每走一步，就要从这个世界上拿一样东西放进去，所以就会越走越累。”

那人问：“有什么办法可以减轻这些沉重的负担吗？”

柏拉图反问他：“那么你愿意把工作、财富、地位、家庭、亲友，哪一样拿出来呢？”那人听后沉默不语。

柏拉图说：“既然都难以割舍，就不要去想背负的沉重，而去想拥有的欢乐。我们每个人的篓子里装的不仅仅是上天给予我们的恩赐，还有责任和义务。当你感到沉重时，也许你该庆幸自己不是另外一个人，因为他的篓子可能比你的大多了，也沉多了。这样一想，你不就拥有更多的快乐吗？”那人听后恍然大悟。

懂得什么该舍，就是懂得智慧

那些看似拥有的，其实是负担。如果你深入去看，你将发现任何你所拥有的，也是你必须担负起责任的；任何你所占有的都会占有你。当你买一部手机、一台电脑，你就被手机、电脑占有了；当你得到权力、名声、地位，你就被占有了；当你拥有伴侣、孩子、房子，你就被占有了。得到越多，那个担子就越重。

佛教典籍中有一则故事：

一个富翁背着许多金银珠宝到处寻找快乐，可是他走过千山万水仍未找到快乐。他沮丧地坐在山道边，问一个背着一大捆柴草从山上走下来的僧人：为何自己没有快乐？

僧人放下沉甸甸的柴草，笑说：“快乐很简单，放下就是快乐！”富翁顿时开悟：自己背负那么重的珠宝，总怕人抢、怕人暗算，整天忧心忡忡，又要如何快乐呢？

所以，不必羡慕谁拥有的比你多。**满足需求只是本能，明白自己不需要什么才是人生智慧**。套句心理学家威廉·詹姆斯（William James）的话：“懂得什么该舍，就是懂得智慧。”生命的过程就如同一次旅行，如果你想轻松自在，就必须卸下一些东西。

解脱其实不难，放下即解脱。

如果你只有一个背包，你想在里面装些什么？

如果你能够重新整理自己的背包，你会在里面装些什么？

每次打开背包的时候，你最希望看到什么？

很多人与其说他们不知道自己“想要”什么，不如说是不知道自己该“放弃”什么。

就像打高尔夫球，充其量只需带十四支球杆，若你背着四十支球杆去参加高尔夫球比赛，那只是额外的负担，应该尽早放下。

41 当你消失了

你曾想过有一天，当你消失了，这世界会变得怎么样吗？

试试看，想象你现在已经不在人世了，就当自己是个鬼魂，然后回到你熟悉的地方，看看少了你会有什么不同？闹钟仍准时响起，妈妈一样在准备早点，爸爸还是在看报，孩子一样会长大，一切都照常进行。

没有了你，公司仍准时打卡，会议照开，业务一样在进行，餐会依旧热络……所有事情一如平常地继续下去。少了你，太阳依然升起，捷运[1]依然准时发车，这世界依然运作得好好的，没有什么被遗漏。

这练习深具启示，你可以经常做，去体验一下自己完全消失，你不在人世了，然后你将慢慢发现，有些事，并非真的非你不可；有些人，并非真的非你莫属；有些东西，并非真的要抓住不可。于是，你会开始珍惜眼前的人，珍惜一分一秒，珍惜一景一物。

---

1 中国台湾称呼中的地铁。

人生没有理所当然，尽情地活着吧

在剧作家王尔德（Oscar Wilde）的《小镇》（*Our Town*）里，有一幕墓园戏。天使安慰着刚死去的女主角艾米莉。她仍眷恋着原有的生命，于是天使特别恩准她回到人世，并让她在一生近万个日子里任挑一天，去回味一下，结果她挑了十二岁生日那天。她想那应该是值得重温的美好时光，然而，她失望了。

十二岁生日的那天清晨，母亲仍然忙得像一只团团转的母鸡，没有人有闲暇多看她半眼，穿越时光回来的女孩惊愕万分地看着家人，不禁哀叹：“这些人活得如此匆忙、如此漫不经心，仿佛他们能活一百万年似的。”

直到最后她必须离开人间，她难过地说："这一切，我过去也未曾注意……再见……妈妈，爸爸。再见了，时钟的嘀嗒……妈妈的向日葵，以及美味的食物、咖啡……还有刚熨好的衣裳与热水澡……舒服的床……噢！人间真是太美好了！"当她失去之后才明白，过去总把太多事物视为理所当然。

我们总习惯于"活着"，也将之视为理所当然，以至于忘了要尽情地活，忘了珍惜眼前的人事物，也忘了欣赏周遭的美好。

有空到墓园走走，去看看我们每个人的归宿。我要说的是，这些人在活着的时候也跟你我一样，以为这世界是靠他们忙东忙西来维持的，而今呢？

当人们死后回头看世界，最常问的问题将是："当我

还活着时，为什么凡事都放不下？为什么那么想不开？”

记得有一首小诗这么写：

高天与平地，悠悠人生路；

行行向何方，转眼即长暮。

真是道尽人生如寄、转眼即逝的惶恐。不管你是否察觉，生命都一直在前进。人生并未售来回票，失去的便永远不再。

终有一天你会消失。没有你，世界一样会运作如常，所以，何必老是忙得团团转？生命中大部分美好的事物都短暂易逝，趁花朵凋谢前，快去闻闻花香！

今天，就当自己是个鬼魂。

回到人世，去感受一下，当你变得完全透

明、没有感官的时候，你无法品尝、欣赏、触摸、聆听、嗅闻，有什么感觉？

回到家里去看看，当你离开人世，没有你，家里会有什么不同？

回到办公室去看看，当你消失后，少了你，公司会有什么不一样？

这练习可以帮你放慢脚步，品味生活。

42 放宽、放下、放轻松

有个阿婆，八十多岁，一天告诉孙女：“最近我想通了，我不想再为子孙忧心操劳了！我忧心大半辈子，结果该发生的还是发生了，不好过的日子，终究会过去；晚年，我要努力让自己活得快乐。”

这位阿婆用了一生的时间才猛然领悟，自己已经烦恼一辈子，要再如此继续下去吗？对生命有了深刻的省思后，阿婆开始了新生活。

变老并不等于有智慧，智慧开启于你明了烦恼是无尽的——你赚了许多钱，却还是在为钱烦恼；你爬到你要的职位，却还是在那里操劳；有了爱情，就对爱情放不下；有了事业，就对事业放不下；有了子孙，就对子孙放不下……那是无止境的。

或许你已经得到一切，已经成就每件事，但唯有当你了解这一切不是获得而是失去，你才能成为一个有智慧的人。

快乐是自己给的

想想看，如果你今天拥有很多财产，有没有哪一天会失去呢？如果你今天青春美貌，有没有哪一天会年老色衰？如果你今天身强力壮，有没有哪一天会疾病缠身？如果你今天感情美满、家庭幸福，有没有哪一天可能会分东离西、生离死别？

生命是流动的，从来没有一刻静止。星球旋转、四季迁移、潮起潮落，一切都在不停变化。如今住的房子，已不是童年时期那栋；孩提时代认识的父母，身体早已不同往昔；你拥有的第一辆脚踏车、养的第一只宠物，如今又在何处？

情人会变心、事情会变卦、健康会变化，昨天还活着的人，今天可能就死了，这就是“诸行无常”。这样的人生真相，若我们越早认知就越能豁达以对，否则你所拥有的一切在失去时都将成为痛苦的来源。

我们能够学到最美好的经验就是不执着任何事。

享受你的地位、钱财，你的男人或女人，你的青春美貌，你的生命……但不要紧抓不放。唐朝百丈怀海禅师的诗：“有缘即住无缘去，一任清风送白云。”就像清风白云那样，一切随缘，应由它自然而来、自然而去，随遇而安。

生活中有很多人和事，是你的，想逃也逃不掉；不是你的，想求也求不到，这叫缘。面对缘分，不必去苦求，也不必苦恼，缘来时随缘，一切顺其自然就好。

学习“三放”——放宽、放下、放轻松。**放宽才能自在，放下才能解脱，懂得什么该放下、什么时候该放轻松，你就学到了人生智慧。**

把重担卸下吧！快乐是自己给的。在忙中偷个闲，在斜照夕阳中泡壶茶，躺在草地上晒太阳……心情放开了，人间何处不逍遥！

在这个世界上，为什么有的人活得轻松，有的人却活得沉重？那是因为前者拿得起放得下，后者却拿得起放不下，所以沉重无比。有些东西拥有不一定会快乐，有些人得到不一定能长久，而失去也不一定不会再有。想要真正快乐，就不要对生命的得失起落太在意。你原本就是快乐的，烦恼是后来才有的。

智慧，就是回到没有烦恼以前的那颗心。

人一直活得不快乐，如果你深入探究，就会发现这跟我们执着的某些观念有很大的关系。这些观念，往往是我们从小到现在，都视为理所当然的。也正因如此，大家很容易陷在其中。

比方说，人们追求快乐，许多人认为自己如果能够拥有更多的钱、更豪华的房子、更有人性的老板、更体贴的伴侣、更听话的小孩……就会更快乐，但这些“快乐观念”，不也正是我们陷在不快乐的原因吗？

人对完美生活的迷思，就是人很难快乐的原因。然而有许多观念都已根深蒂固，以至于很少人会去质疑，或者静下来想。

沮丧的人说：“我就是没钱，所以才愁眉苦脸。”但是有些人比你没钱，为什么人家也没有愁眉苦脸？

烦恼的人说：“没工作我会饿死，所以我才烦恼。”

但烦恼能让你变有钱？烦恼可以让你找到工作吗？

愤恨不平的人说："他让我受苦，我绝不会让他好过。"但是让他难过，你就会好过吗？

失去所爱的人说："没有了他（她），叫我怎么活？"可是在没有他（她）之前，你不也活得好好的？

诸事不顺的人说："为什么上天老跟我作对？"然而你又怎么知道，上天没有更好的安排？

愁眉不展的人说："我工作不顺，还有一堆事情没完成，所以不快乐。"然而是谁规定说工作不顺，或事情没完成就不能快乐？

这些问题，你想过吗？

我们总期待人生能顺心如意，结果却往往事与愿违，为什么？因为如果我们凡事都想顺心，又怎么可能事事如意？

其实，我们都陷在执着的观念上。

·幸福，不是没有缺憾；缺憾，也有别人没有的幸福。

·快乐，就是放下你认为能使你快乐的东西。

·别再忙着去追求了，你没发现吗？就是因为你太在乎追求反而让你意识不到自己早已拥有的一切。

·你不可能错过什么，因为错过的都不是属于你的。

·你最受不了别人的地方，很可能也是别人最受不了你的地方。

·人不想要有任何烦恼，却没有想到，自己就是所有烦恼的根源。

·快乐与不快乐事实上是同一件事，只是人们常落入时间假象，才会以为它们是分开的。

· 生命的圆满，不是避开崎岖起伏，而是走过崎岖。

· 如果抓不到兔子，还有温暖的阳光，与淡淡幽香的树叶；如果钓不到鱼，还有河岸风景，与草上发亮的露珠。何必限定自己只有抓到兔子或钓到鱼才能快乐？